一个米饼　著

YIGEMIBING　WORKS

廣東旅游出版社
GUANGDONG TRAVEL & TOURISM PRESS
悦读书·悦旅行·悦享人生

中国·广州

陆明霄♡

铮铮

虽然不知道下一次见面的时间，

更不知道再次见面会不会物是人非，但只要还活着，

还有万分之一重逢的机会，我就想等等看。

三年都过去了，

也不怕再有下一个三年，或是三十年。

铮铮

一个米饼 著

YIGEMIBING WORKS

目录

「铮霄」声万里，余岁尽平安。

第一章

玩伴

叶芝兰从小有个明星梦，但家里没钱没势，她也没考上电影学院，每天只坐在理发店门口醉生梦死，希望睡一觉醒来，就能红遍大街小巷。

18 岁这样想，28 岁还在这样想。

Q 县是小地方，这里的人思想保守、信息闭塞，人们都认识叶芝兰这个人，毕竟她长得好看，但也只是个三流的小演员，偶尔兼职模特，拍一些穿着清凉的照片。大家不但嘴上骂她丢人现眼，背地里还谣传她私生活不检点。

有一年叶芝兰又关了理发店去外地拍戏，几个月后回来，挺着个大肚子。这下子更是坐实了大家的谣传。邻居家的王婶心善，看她挺着沉甸甸的肚子不方便，就照顾了她几天，还帮她准备了小孩的棉袄棉裤。深冬的一天，叶芝兰生了，王婶抱着生出来就会“咯咯”笑的糯米团子，问叶芝兰：“娃叫啥呀？”

叶芝兰合上眼睛，转头就睡，到底也没给娃取个名字。

直到娃娃两岁，上户口的人找上门，叶芝兰才想起来，随口说：“叫叶寒心吧。”

“寒心寒心，听着都寒心，好好的男娃娃，怎么能取这样的名字？”王婶把娃抱回家，问了教书的老伴儿，陈叔推了推老花镜，摇着拨浪鼓，慈爱地说：“叫含铮吧，希望他长大以后可以做一个坚强坚韧、善良正直的人。”

叶含铮 8 岁那年，叶芝兰又一次离开了 Q 县，这一去小半年没有回来。学校里的孩子把叶含铮堵到厕所门口，冲他扔叶芝兰穿着清凉的照片。

“你妈就是个小演员，私生活不检点！”

“哈哈哈我看他就是个女孩子！男生才不长他那个样子！”

“明明戴上假发就是个女孩子！”

“我猜他就是假的男生！快脱了裤子检查一下！”

陈叔下课赶过来时，叶含铮已经被几个小孩压倒在地，他们一边骂他是女生，一边扒他的裤子。陈叔气得破口大骂，卷着书拍在几个孩子身上，他们这才一哄而散。

叶含铮红着眼圈爬起来，自己提上裤子。

“叔……我妈的职业是不好的职业吗？”

陈叔背着他往回走：“好不好，不是我们说了算的，每个人都有自己的选择，或是自愿的，又或者是被迫的，总之不管别人做什么，都是别人的选择，我们管不着，也不应该管。人这一生，过好自己的尚且不算容易，哪有闲心去管别人的闲事？”

叶含铮抹掉差点落下来的泪珠子，他被人欺负了心里不好受，但始终忍着，没哭出声：“那叔和婶不是管我了吗？”

陈叔一怔，“哈哈”笑了起来：“也是，管你一个就够了。”

晚上王婶做了红烧鱼，香喷喷的，盛了一满盆，又从锅边上铲下几个黄澄澄的玉米饼子，喊了声正在洗手的叶含铮。老两口没孩子，这么多年一直把叶含铮当成自己的儿子照顾，想着如果叶芝兰再也不回来了，就供叶含铮上高中、上大学，要是有合适的，就再给他说个媳妇，踏踏实实地过一辈子。

桌上正说着今天的蔬菜又涨价了，“嘀嘀”的车笛响了起来，王婶放下玉米饼出门，过了十几分钟才回来，身后跟着一名西装革履的男士。

王婶看了叶含铮一会儿，嘴唇发白，擦掉他脸上粘着的玉米屑，呜咽道：“叶芝兰没了，你爸的人来接你了。”

叶含铮知道自己有个爸爸，叶芝兰活着的时候常提起，说他爸爸在大城市里，还有很多家大公司。

西装男自称是他父亲的助理，领着叶含铮收拾完小书包，跟陈叔和王婶告别，便带着他走了。

那是叶含铮第一次来到A市，第一次进入小洋楼，也是第一次见到他的父亲——魏国锋。

“龙……龙哥，您看这孩子怎么样？”魏国锋胡子拉碴，一点儿不像叶芝兰说的那么英俊潇洒，他的右手好像少了一根指头，跪在地上给坐在沙发上的男人磕头，“龙哥，求您再宽限几天吧，我……我房子、车子都卖了，再不行……再不行连这孩子一起给你，要杀要剐悉听尊便！”说着便拽过瑟瑟发抖的叶含铮往前推。

龙哥掀开眼皮：“宽限几天？”

魏国锋说：“五天！就五天！我……我骗的那几个女的马上就把钱汇过来了，拿了钱立刻就能还给您！”

龙哥说：“那我就再给你一次机会，要是五天后还不上，后果可不是我能控制的。”

魏国锋连连点头，捂着四根手指，连滚带爬地跑了出去。

叶含铮紧紧地攥着书包，瞪着一双澄澈的眼睛，一动都不敢动。

西装男还站在他的后面，问道："这孩子怎么办？"

龙哥想了想，走到叶含铮面前问："几岁了？"

叶含铮后退半步，小声说："8岁。"

"长得倒是挺可爱的，就是不知道明霄喜不喜欢。"

叶含铮不理解他说什么，只觉得害怕："叔……叔叔，我……我可以回家吗？"

龙哥呵呵地笑了，胡乱拍拍他的脑袋："家是回不去了，你亲爸已经把你卖给我了。"

叶含铮这次懂了一些，怔怔地看向门口。

第二天，西装男把睡在地下室的叶含铮叫出来，让他去卫生间洗脸，又给他换了一身干净的衣服。叶含铮一个晚上没敢睡觉，心里想家，可被关在黑乎乎的铁房子里，哪儿都不能去。他是西装男见过最乖的一个小孩，明明怕得要命，却拼命忍着，没有哭。

西装男问："你为什么不哭？"

叶含铮说："叔和婶照顾我，我不想哭，让他们担心……"他从小懂事，叶芝兰不管他，哭也不管，反而笑一笑，还会招邻居喜欢。

西装男叫柯文，带了他一路，多少有些感情："我也不知道这么跟你说你懂不懂，你妈被你爸骗了，一时接受不了便跳楼自杀了，你爸是个赌徒、酒鬼，到处骗女人的钱，他欠了龙哥的钱，把你卖了。原本龙哥要个孩子没用，碰巧赶上陆家的小孙子缺个玩伴，龙哥想把你送去试试，成了便做个人情，不成的话你以后就住地下室，长大了在龙哥的公司打杂。”

叶含铮问：“陆……陆家……也住铁房子吗？”

“当然不住，陆家那是正经的有钱人，保姆都是从专门的学校毕业的高才生，你表现好点儿，或者可以留在他们家，以后吃穿用度，估计全都有人管了。”柯文帮他整理身上的小衣服，“就是陆家的小孙子脾气不好，伺候他，也不见得是件轻松事。”

龙哥在A市混了很多年，人到中年，想要干点儿正经营生，托了几层关系攀附上了陆家。陆家多有钱龙哥不清楚，只知道天上飞的、地上跑的，吃穿住行，都跟陆家的产业有关，夸张点说，陆家要是有一天垮了，估计半边天也得塌了。

柯文带着叶含铮进门的时候，龙哥已经坐在陆家的客厅里了。陆老爷子戴着老花镜看报纸，陆老夫人端着红茶杯时不时地往楼上看。龙哥有点儿拘谨，恭恭敬敬的，没有一点儿匪气：“我听说，正在给明霄找玩伴？”

陆老夫人姓程，叫程书蕴：“找了几个，明霄都不喜欢。”

龙哥给柯文使了个眼色，让他把叶含铮领过来：“这孩子您看行吗？”

程书蕴瞅了一眼：“这是……谁家的？”

“唉，”龙哥说，“老家是Q县的，他爸不学好，他妈前阵子也死了，就落在了我的手上。您也知道我一个开保安公司的，哪会照顾小孩，就想着要不送来给明霄看看，要是觉得行，以后就留下照顾着明霄。”

程书蕴苦笑：“光我看不行，得明霄喜欢。”又端详叶含铮一会儿，“是男孩吧？”

“是是，”龙哥说，“他妈长得漂亮，细眉桃眼的，随了。”

程书蕴又问老伴儿的意思，陆老先生冷哼道："找什么玩伴，惯得不成样子，这都几点了？还不起床！"

话音刚落，楼上就传来一声巨响，"咚咚"的脚步声由远及近，又由近至远，也不知谁在追跑打闹，一直顽皮地转圈圈。叶含铮仰头，看见一个和他差不多大的小男孩，怀里抱着一个足球，从楼上跑了下来。保姆跟着后面，累得气喘吁吁："明霄，先把衣服穿上。"

陆家小孙子叫陆明霄，说："不穿！不要影响我踢球。"

程书蕴急忙站起来："明霄小心一点儿，先把衣服穿上。"

陆明霄更不耐烦了："都说了不穿不穿！"

"那……那你慢点儿跑。"程书蕴担心得不得了，刚要走过去，就被陆老爷子拦下，凶斥道："跑跑跑！让他跑！早晚有摔疼的那一天！"

程书蕴心疼孙子，赶紧维护："你这么大声做什么，你再吓到他！"

龙哥想要站起来拉架，但又不知道说什么，有钱人家真是难懂，一个毛孩子而已，拽过来打一顿，不就得了吗？

屋里吵吵嚷嚷乱成一团，陆明霄不管不顾地踩上球鞋就要出门，刚迈了半步，突然发现脚丫子动不了了。

他疑惑地低下头，看到一个小孩蹲在他面前，正细心地帮他系鞋带。

陆明霄问："你是谁？"

"叶含铮。"

"叶含铮是谁？"

小孩想了想："柯文叔叔说，是来给你做玩伴的。"

"哦。"陆明霄打量他几秒，想走，被叶含铮拉住了手腕，认真地问："那你要吗？"

“什么？”

“那你要我吗？”叶含铮重复了一遍，“我会系鞋带。”

来到A市的第二天，叶含铮成了陆明霄的玩伴。陆家很大，人也很多，陆明霄含着金汤匙出生，三代单传，十分任性，用陆老爷子的话说，都是惯的，但不惯着也没办法，真的要打要骂谁都舍不得，就连陆老爷子，也只是嘴上逞能，对着空气凶两句。

到底没人能让陆明霄穿上外套再去院子里踢球，程书蕴吩咐保姆跟出去守着，来到叶含铮面前，笑着说：“以后你就跟着明霄吧，他没有兄弟姐妹，你在他身边，陪着他玩。”

叶含铮点点头，和陆老爷子的助理傅衍去了二楼。柯文也跟了过去，对傅助理说了几句客套话，把叶含铮带到楼梯口：“来之前，你叔和婶给我塞了点儿钱，让我多帮忙照顾着，你要是留在龙哥那儿，我兴许还能帮一把，但是来了陆家，咱们往后估计也见不着了。”说着把钱掏出来，塞进叶含铮的小书包里，想了想问，“你知道自己以后要做什么吗？”

叶含铮说：“知道一点儿。”

柯文说：“知道就好，别听他们的，什么玩伴不玩伴，都是蒙人的，你自己得时刻记住，你是来照顾陆明霄的，别人让你跟他玩，你可别真的把他当成小朋友了。”

叶含铮似懂非懂：“不是小朋友……那他是什么？”

柯文说：“他是需要你好好照顾的人。”

说得太深，怕叶含铮不懂，柯文没跟孩子拐弯抹角，用最简单直白的话，让他知道自己要做的事，他也只能帮叶含铮这些了，以后在陆家是好是坏，得看他自己。

柯文和龙哥走后，傅叔把叶含铮带到了陆明霄的房间里，告诉他暂时跟明霄睡一个房间，明霄要是不愿意，再搬出来。

程书蕴用心良苦，觉得小孩子之间得多接触才会有感情，睡在一起才会亲，她想让自己那个霸道不讲理的孙子学会友爱，学会分享。初衷是好的，只是不知道效果怎么样。

陆明霄的房间很大，有很多叶含铮叫不上名字的玩具，床看起来也软绵绵的，地上还铺了厚厚的地毯，像踩在棉花上。傅叔告诉他不要随便乱跑，不要惹陆明霄不开心，陆明霄说什么就是什么，不要试图和他讲道理，他啊，没有道理可讲。

傅叔和陈叔一样慈爱，交代完之后，又告诉他该去哪里吃饭，该去哪里上厕所，如果找不到，就去客厅问他。

两个小时过去，陆明霄还没有上楼，叶含铮整晚没睡，觉得有点累，又不敢随便坐，只好蹲在门口，睡着了。

他很少做梦，这次却梦到了叶芝兰，梦里的叶芝兰成了一位真正的女明星，站在颁奖典礼的舞台上光彩照人。她从来没有抱过叶含铮，却在梦里抱了一次，还跟他说对不起，问他："你怪不怪妈妈？"

叶含铮说："不怪。"

叶芝兰说："可是我没有养过你，还让你被同学欺负。"

叶含铮抠着手指说："那也不怪，陈叔跟我说，你是妈妈，你把我生出来，给我了生命，所以我不怪你。"

"原来你这么好，是我错过你了。"叶芝兰又抱了他一会儿，把他放在地上，弯下腰捏了捏他的脸蛋，"宝宝，以后就只有你一个人了，你不要像妈妈一样。不要像妈妈，拼了命地追求不属于自己的东西。"

叶芝兰带着她的明星梦彻底走了，可叶含铮依旧觉得有人在捏他的脸，迷迷糊糊地睁开眼睛，看到陆明霄抱着球蹲在他面前问："你是小狗吗？"

叶含铮摇摇头："我不是。"

"不是小狗为什么趴在地上睡觉？"

叶含铮站起来："没有你的同意，我不能睡……睡你的床，但是眼睛睁不开了，就在这里睡着了。"

陆明霄说："是傅叔让你进来的？"

"嗯，让我等着你安排。"

"啧，有什么可安排的，真是烦死了。"陆明霄把足球扔到地上，跑去浴室洗澡，"找人搬张床进来吧，只有小狗才会睡在地上，我可不要小狗。"

到了晚上，小木床搬了进来，距离陆明霄的大床一米远，铺着蓝色的床单，上面还飘着白色的云朵。傅叔把叶含铮叫到门口，对他说："明天是周一，要去学校上课，早上七点钟明霄就要起床，他的起床气比较大，你要小心一点。"

叶含铮问："起床气是什么？"

傅叔说："就是被吵醒之后会发脾气。"

"哦。"

傅叔问："你上学了吗？"

叶含铮说："上学了。"

"几年级？"

"二年级。"

"那跟明霄差不多。"叶含铮的具体情况陆家已经从龙哥那里了解得清清楚楚，但暂时还不能给他办转学手续，具体要看他和陆明霄相处得好不好，如果不好，那这个孩子还不知道要怎么安置。

“对了，睡觉的时候不要关灯，”傅叔叮嘱他，“明霄有一点点夜盲，如果半夜起来，会看不清东西。”

叶含铮记在心里，回到房间时，陆明霄已经睡着了，他跑了一天，累得打起了小呼噜。床头的灯一直亮着，叶含铮脱了衣服，躺在小木床上，想着一到秋天就裹上红衣的Q县，想着教他道理的陈叔，想着给他做玉米饼的王婶……

第二天一早，陆明霄被闹钟吵醒，把枕头砸在地上，又把进来伺候他的保姆都轰了出去，刚想躺下继续睡，突然发现房间里还站着一个人，不高兴地问：“你是谁啊？”

叶含铮眨眨眼：“我是叶……”

“叶含铮。”陆明霄想起来了，倒头又睡了过去。

七点十分，陆明霄完全没有起床的打算。叶含铮想了想，跑去浴室拿了一块毛巾，沾湿了，趴在床边帮他擦脸。

“你干什么？！”脸上湿乎乎的，吓得陆明霄瞬间弹了起来。

叶含铮说：“帮你洗脸。”

陆明霄皱眉：“我没有手吗？为什么要你帮我洗脸？”

叶含铮说：“因为你不想起床，可是再不起来，上学就要迟到了。”

上学？陆明霄怔了怔，才想起来今天星期一，气吼吼地又摔了个枕头，不情不愿地去浴室，出来时叶含铮正拿着他的衣服站在门口，陆明霄一脸不高兴地伸手，让他伺候自己把衣服穿上。

叶含铮小小的，比陆明霄矮上半个头，自己的衣服刚会穿没几年，就要开始帮别人穿了。

“喂，你 8 岁了？”

“嗯。”

“怎么矮得跟 5 岁半一样？”

“王婶说男孩子长个子会比较晚。”

“胡说，我也是男的，我就长得高。”

叶含铮不知道他长得高的原因，闭上嘴不说话，认认真真地帮他系纽扣。

“哧哧”两声，陆明霄突然笑了起来，叶含铮抬眼看他，有点疑惑。陆明霄高傲地挑挑眉，抬手拽过他的领子，利落地把他身上系错的纽扣调换了位置，嘲讽道：“自己的衣服都没穿好，还要帮我穿衣服。真是个笨蛋。”

11 月的早上有些凉，傅叔提着书包，站在车门边，亲自送陆明霄去学校，这次也让叶含铮跟着，让他坐在后排。

从陆家到位于市中心的小学比较远，开车要一个多小时，陆明霄没睡好，恹恹地靠在椅背上。他跟叶含铮不熟，没什么话说，能把人留下，一是因为他会系鞋带，二是挑烦了，既然叶含铮主动开口，就随便应下，算是把程书蕴应付过去，省得隔三岔五就要给他找玩伴，听得耳朵都疼。

陆明霄在一所公立小学上课，里面各种家庭的孩子都有，陆家低调，从来没有大肆宣扬过陆明霄的身份，但光凭姓氏和偶尔露面的傅助理，依旧让部分家长看出了端倪，偷偷地让自家孩子多跟陆明霄接触。

其中有一个叫胡哲的，小小年纪就是个人精，每天跟在陆明霄后面，给他送吃的，帮他抄作业，从国外买过来的限量手办也给他玩，有足球明星签名的海报也送给他，心甘情愿地给他当跟班，别人跟他抢，他还不乐意。虽然陆明霄不理他，海报和手办也都扔在一边，但胡哲还是愿意跟着他跑前跑后。

放学时，傅叔又带着叶含铮过来接人，叶含铮规规矩矩地站在校门口，接过陆明霄的书包。他也正是学习的年纪，傅叔怎么站，他就怎么站，背脊笔直笔直的，微微地低着头，恭恭敬敬。

"那个人是谁？"胡哲站在远处，问身边的同学。

同学说："司机的儿子吧？"

又一个说："不知道，估计是个小保姆。"

"陆明霄家里的保姆可真多，他家真的很有钱吗？"

"真的，我妈说他家在国外那个什么榜单上都名列前茅，可厉害了。"

"那他怎么还跟咱们读一个学校啊？"

"这就是低调，低调懂不懂啊。"小学生之间没有秘密，再低调也能传得尽人皆知。

叶含铮就这么在陆家住了下来，除了每天早上看着陆明霄摔枕头，其他的都还好。他不觉得陆明霄的脾气有多坏，比那些围着他又打又骂，还扒他裤子的同学好多了，不过任性倒是真的。眼看到了冬天，程书蕴想让陆明霄加件衣服，陆明霄偏偏不听，觉得穿厚了妨碍走路，整个人都显得笨笨的。程书蕴拿他没辙，把衣服交给了叶含铮，她觉得两个孩子相处得不错，或许叶含铮能说动他。

叶含铮刚举起衣服，陆明霄就瞥了他一眼，冷飕飕地威胁："你跟谁是一伙的？想想你睡在谁的房间里。"

叶含铮想了一会儿，看了看程书蕴，又看了看陆明霄，抱着衣服小步小步地挪到陆明霄身后说："跟你是一伙的。"

陆明霄很满意，带着小跟班上学去了。

上午九点左右，傅助理一个人开车回来，程书蕴问他："含铮呢？"

傅助理说："他留在学校了，说是怕明霄下课的时候冷，找不到衣服就糟了。"

程书蕴欣慰："含铮是个听话的孩子，希望明霄可以跟他好好相处。对了，我看他身上还穿着秋天的线衣，你今天去接他们的时候，也给那孩子买两件衣服，别冻坏了。"

傅助理点点头，记了下来。

天气预报说今天有雪，下午两三点，终于静悄悄地下了起来，雪花不大，纷纷扬扬的，特别好看。傅助理走之前安排妥当，让叶含铮坐在保安室里，午饭也让保安室的大叔带着他去吃。每当下课铃声响起来，叶含铮都会守在教学楼门口，只是陆明霄一直没有离开过教室，并没有见到他。

这一节课下课铃响，叶含铮又跑到教学楼门口守着，不一会儿，出来几个小男生，说是陆明霄找他。

叶含铮没有怀疑，这几个男生他见过，经常跟在陆明霄身边，应该是关系很好的朋友。

只是陆明霄什么时候去了教学楼后面？他一直站在门口，从没见他出来过……

"喂，"胡哲盯了叶含铮好几天，终于找到机会，"你是来给陆明霄送衣服的？"

"嗯，"叶含铮问，"他在哪里？"

胡哲说："他让你把衣服给我，他怕冷，不想下楼。"

叶含铮刚要把衣服递过去，又觉得不太对，教室里面不冷，陆明霄应该也不知道他在学校等着，想了想说："我可以亲自交给他吗？"

胡哲说："不行，快点儿给我。"他越是着急，叶含铮越是谨慎，抱着衣服往后退了退："我还是亲自去交给他吧。"

"你哪儿这么多废话！"眼看就要上课了，胡哲想赶紧把衣服抢过来，送到陆明霄面前献宝，但叶含铮抱得太紧，怎么都抢不过来。

胡哲气得跳脚，回头看见贴着墙壁的排水管下面放了一个脏水桶，立刻跑去提了过来。叶含铮意识到他想做什么，急忙蹲在地上，把衣服藏得严严实实的。"哗啦"一声，掺着冰碴儿的半桶脏水，全都浇到了他的身上，瞬间，叶含铮的背上湿透了，埋着头一动不动。

"快点儿给我！给我！"胡哲想要把他推开，还没来得及动手，突然眼前一黑，沉甸甸的书包夹杂着寒风，像块石头似的冲他砸了过来。原来是陆明霄从教室窗口看到刚才那一幕，冲下来把胡哲推倒在地。

几分钟前还耀武扬威的小男生们一个个吓得不敢动，他们知道陆明霄厉害，但没想到这么凶。胡哲嘴角破了层皮，躺在地上哭都不敢哭。陆明霄没管他，蹲下问蜷成一团的叶含铮："喂，你没事吧？"

叶含铮冻得发抖，抬起头看见铺了满地的雪花，第一句问："冷吗？"

第二句说："先把衣服穿上吧。"

傅叔接到电话赶过来的时候，两个孩子正坐在保安室里，陆明霄身上穿着厚厚的大衣，叶含铮身上穿着陆明霄的外套，罚站一样，靠着暖气片。

"怎么才来啊？"陆明霄臭着脸不高兴地问。

傅叔说："给含铮买了几件衣服。"

"那让他穿上。"

"是。"

陆明霄不想等他们，站起来往外走，傅叔把衣服递给叶含铮。

陆明霄问："他为什么还不上学？"

傅叔说："是想看你愿不愿意长留他。"

"啧，"陆明霄嫌弃得不得了，"赶快让他上学，衣服和人哪个重要都不知道，也太笨了。"

叶含铮穿好衣服出来，陆明霄又冲他补了一句："我可不要笨蛋，笨蛋是会传染的。"

入学手续办理得很顺利，第二天，叶含铮就成了陆明霄的同学，老师让他站在讲台做自我介绍，又给他安排了靠窗的位置，坐在陆明霄身后。

小孩子们看什么都新奇，班里突然来了一个插班生，都想过去认识一下，但插班生距离陆明霄太近了，又没什么人敢靠近。

"听说陆明霄昨天把胡哲推倒了。"

"陆明霄可真凶。"

"后来老师让他写检讨了。"

叶含铮从卫生间回来，听到走廊上议论纷纷，以前他在Q县的学校也总是听到类似的议论，甚至当着他的面说，对他推推搡搡的，还嘲笑他。

可他不明白，为什么会有人在背后说陆明霄，昨天的事情，明明是那个叫胡哲的错。叶含铮忍不住打了个喷嚏，好像着凉了。

上午十点左右，胡哲肿着嘴角出现在教室，整个人看起来怯生生的，想跟陆明霄说话，又不敢过去，刚好看见座位上的叶含铮，便拉着同桌问："他怎么进来了？"

同桌说："他是插班生，以后就是咱们的同学了。"

胡哲皱着眉，又看了一眼正在睡觉的陆明霄。

A 市小学的教材和 Q 县的不同，前面的内容叶含铮没学过，后面的听起来也有些费力，班主任特别关照他，让他有不懂的地方去办公室问，会单独给他讲解。

陆明霄连着睡了两节课才起来。叶含铮去办公室之前，拿出书包里的小保温壶，拧开盖子，倒进壶上配套的杯子里，递到他手上说："明霄，喝水。"

教室里原本乱哄哄的，因为他一句话，音量低了下来，片刻，大家又像什么都没发生，扭过头继续说说笑笑。

往常类似的事情都是胡哲抢着做的，但陆明霄从没喝过他递过来的水。

哼，脸红红的，眼睛也红红的，真会装可怜！胡哲气得咬牙，狠狠攥着铅笔，戳断了笔尖。

老师一向喜欢乖巧听话的孩子，加上叶含铮十分聪明，很多东西一点就透，教起来不费劲，讲完题就笑着夸奖他几句，让他先回教室上课，等自习课的时候再过来。叶含铮点点头，抿着嘴舔了舔干涩的嘴唇。老师问他是不是生病了，叶含铮说："没有。"他也不知道是不是病了，只是觉得身上冷，脸上却烧烧的。

老师说："回去多穿点衣服，最近天气冷。"

叶含铮礼貌地说声"谢谢"，出了办公室，看见一直站在门口等他的胡哲。

“那个……昨天的事情……”

叶含铮没想跟他说话，却被胡哲强行挡住：“你先别走。”

“有事吗？”叶含铮谨慎地退后一点。

胡哲眼中有些不情愿，嘴上却说：“我是来跟你道歉的，昨天的事情是我不好，不该用凉水泼你，我怕陆明霄冷，所以才那么着急，对不起。”

他冲着叶含铮伸出一只手，叶含铮抱着书本没有动，胡哲皱了皱眉：“老师教过‘握手言和’这个词，以后咱们就是同学了，你原谅我吧。”

话说得特别诚恳认真，叶含铮看了他几秒钟，刚要跟他握手说“没关系”，就见胡哲突然变脸，猛地倒在地上，大声地哭起来：“你干什么呀！我都跟你道歉了！你为什么还推我！”

叶含铮一愣，不知道他想做什么。

这个位置距离办公室和教室都很近，胡哲的哭声瞬间惊动了老师。班主任挤过围观人群，扶起胡哲，失望地看着叶含铮：“老师以为你是个好孩子。”

叶含铮急忙解释：“我……我没有推他……”

“他推了他推了！我看见了！”又是昨天那一群小男生，七嘴八舌地说，“胡哲跟他道歉，他不理胡哲。”

“是啊，胡哲昨天是不对，但是他都主动道歉了！”

“我也看见了，胡哲态度可好了！”

“就是就是，就算胡哲昨天不对，可陆明霄也推他了呀，胡哲嘴都流血了，叶含铮都没流血！”

议论的声音越来越多，老师喊了一声“安静”，还是没挡住窃窃私语：“有什么了不起的，不就是陆明霄的小跟班嘛。”

“什么跟班啊，我听说是保姆，这么小就当保姆，真没出息。”

“哈哈，小保姆。”这个同学话音刚落，就被同伴捂住了嘴，拽到一旁。陆明霄不知什么时候从教室里走了出来，穿过旁观人群自动让开的小路，走到中间。

胡哲的哭声早就止住了，看到陆明霄竟然又呜咽起来：“明……明霄，昨天是我不对，我跟叶同学道歉，你可以让他原谅我吗？”

陆明霄还没说话，“丁零零”的上课铃声就响了起来。

班主任把走廊上的人都赶进了教室，只留下了他们三个，叶含铮看着陆明霄，希望他能相信自己没有推过胡哲，可刚喊了一声：“明霄……”

就听陆明霄冷冷地说了一句：“先别说话。”

叶含铮呆呆地怔在原地，嘴角干涩得泛起了白，那一刻想说点儿什么，可沉默了几秒，又安静地闭上了嘴。

这里不是Q县，没有愿意信任他的陈叔和王婶。

可就算在Q县，生活似乎也是这样，原来一切都没有变好，好像……还变得更糟糕了，叶芝兰死了，魏国锋把他卖了，他在Q县没有一个正经的家，到了A市连家都没有了。叶含铮突然觉得有点难过，这一个多月以来积压的恐惧和委屈，好像随着身上莫名其妙的热度，一起烧了起来。

“他怎么还在哭啊？”

“发烧了。”

“很严重吗？”

“39.5℃，明霄先睡吧，我把他抱出去，叫张医生过来。”

晚上十点左右，叶含铮昏昏沉沉地被吵醒，他躺在小木床上，紧紧地抱着被子，耳边嗡嗡的，好像听到了陆明霄的声音：“算了，让他睡这里吧，你把灯调亮一点，我看不清。”

“可是你明天还要上课，”好像是傅叔在说话，“总不能一直拉着他的手，还是让我抱走吧。”

“都说算了，”陆明霄明显不耐烦地说，“你先去给张医生打电话。”

“那……好吧，我现在去打。”

叶含铮隐隐听见了关门的声音，想要睁开眼睛，却难受得动不了。他不想影响陆明霄，挣扎着要坐起来，凉风顺着被子钻入身体，又被人严严实实地堵住了风口，继而一个凶巴巴的声音说：“别乱动。”

“热……”

“热？不是冷吗？”

“热……”

“啧，真是麻烦，你先松手。”叶含铮不知道自己攥着什么，松开手后，听到有人渐渐走远，过了一会儿，那人又走了回来。他费力地睁开眼，隐约看到陆明霄正站在床边，手上拿了一块打湿的毛巾，放在他滚烫的额头上。

第二章

叶胖啾

张医生连夜赶过来帮叶含铮打点滴，高烧直到后半夜才退下去。叶含铮始终半睡半醒，意识不是那么清醒，好像知道张医生来了，但不知道他是什么时候走的。

彻底醒过来时天已经亮了，身上黏黏的，睡衣还有些潮，叶含铮坐起来，发现他不在陆明霄的房间里。

“醒了？”

傅叔从门外走进来，手上还端着一个托盘，上面放了一碗粥、一杯水和几片药。

“感觉怎么样？”傅叔摸了摸他的额头，已经退烧了。

“明霄去上学了吗？”叶含铮的嗓子有点哑，像是哭了很久之后，沙沙的声音，可他不记得自己哭过，或许是做梦的时候。

“嗯，”傅叔帮他盖了盖被子，“我帮你请假了，今天就在家里好好休息。”

叶含铮低下头说：“我不是故意发烧的，我也不知道为什么会这样……我以前，很少生病……”

傅叔笑着说：“着凉了，大人被泼一身冷水都会受不了，更别说你还是个孩子。”

“对不起，”叶含铮说，“给您添麻烦了。”

“倒是没给我添什么麻烦，”傅叔说，“主要是明霄，他陪了你一个晚上。”

叶含铮模模糊糊地有一点印象，傅叔说他昨晚在睡梦中哭了很久，把陆明霄吵了起来，还一直拉着他的手说胡话，陆明霄如果离开，他就又哭又闹，直到张医生拔了针走后，才渐渐安静下来，但那个时候已经凌晨两点钟了。

叶含铮记不清了，他只记得陆明霄帮他降温，虽然嘴上凶巴巴的，手上却轻轻的。喝了粥又吃了药，叶含铮拿着碗跑去餐厅，洗干净放回碗橱里。

今天客厅里似乎来了一位客人，只有傅叔招待，并没有看到陆家的人。

来人是胡哲的爸爸胡胜杰，在陆氏集团的一家分公司里做个小小的管理，按道理来讲他一辈子都不可能迈进陆家的大门，却借了儿子的光，来了一趟。

傅助理帮他倒了一杯茶，站着跟他说话。胡胜杰开始有点局促，想想又踏实了，他儿子可是被陆明霄推倒才受伤了，作为受害者应该理直气壮，不说升职加薪吧，至少跟陆家攀上了关系，儿子这伤没白受，看来教他多跟陆明霄接触，真的没错。

“按理来讲，轮不到我跟胡先生对话。”

胡胜杰拍了拍沙发，一双眼睛到处乱看，看够了才正视傅助理：“您谦虚了。”

傅助理说：“首先我代替我家明霄，向您家孩子说声抱歉，我家明霄娇惯了，他动了手，是他不对。”

“没事没事，”胡胜杰说，“打打闹闹难免的，能动手说明他们关系好，闹着闹着就成好朋友了。”

傅助理微笑：“这次请您过来，确实有些冒昧，但有一件事情，也确实需要通知您一声。”

“什么事啊？”胡胜杰看到傅助理拿出一个信封，赶紧摆手，“哎呀，不用不用，小孩闹着玩而已，不用破费！以后我们胡哲还得靠明霄多帮忙呢，您看您这也太客气了。”

嘴上说着不要，但还是接了过去，陆氏那是什么家庭，出手一定阔绰，但他又觉得厚度不太对，脸上挂不住了，尴尬地说：“我就说嘛，小孩闹着玩而已，不用破费，这是……”

胡胜杰拆开信封，取出一张小巧的内存卡，傅助理说：“是学校走廊和教学楼后面的录像。”

“什……什么意思？”

傅助理说：“您的上司应该会帮您换一个工作岗位，那附近有一所还不错的小学，令郎转过去，在教育资源上面，不会受到任何影响。”

胡胜杰脸色大变，想辩解几句，又被傅助理堵了回去：“当然，如果令郎不想转学也可以，录像的内容我会要求学校公布出来，还受欺负的孩子一个公道。但我怕，令郎小小年纪，如果遭到全校师生的诟病，心理上，会承受不了。”

半个小时后，胡胜杰走了，傅助理收拾茶杯，看见餐厅后面露出来一颗小脑袋，冲他笑了笑。

今天程书蕴的心情不错，坐在二楼阳台一边喝茶一边和陆老爷子聊天：“咱们孙子懂事了。”

“懂哪门子事？”陆老爷子哼气，“今天早上出门那脸臭得跟什么一样！”

“他没睡好嘛，不高兴也是正常的。”程书蕴自豪地说，“你不知道吧？昨天那个小孩生病了，他可是照顾了人家好长时间呢。”

陆老爷子不信，推了推老花镜问：“真的？”

“我还能骗你怎么着？”程书蕴又喝了口茶，“我就说这个方法好，给他找个玩伴一起长大，肯定能让他学会很多东西。我今天要亲自下厨，给我的宝贝孙子做点儿好吃的！”

程书蕴忙活了整整一下午，结果陆明霄半口没吃。他放学回来脸色依旧不好，困得不行，直接回房睡觉。叶含铮小心翼翼地端着饭菜上楼，怕上面的汤洒了，先把托盘放在地上，打开门，再把托盘端起来送进房间。

陆明霄还在睡，眼圈发青，叶含铮轻轻地喊了声：“明霄。”并没有得到回应。

他在自己的小床上坐了一会儿，又把饭菜端下去热了两回，每次都小声地叫陆明霄起来，怕吵醒他，又怕他饿着：“明霄……昨天谢谢你。

“傅叔说你照顾了我一个晚上，都没有好好睡觉，对不起……

“我以后不会再生病了，明明应该是我照顾你才对。”

叶含铮站在床边，嘴里含着悄悄话，咕噜咕噜的，他迫切地想跟陆明霄说“谢谢”，但陆明霄总是睡不醒，他只好自言自语：“上次我喊你的时候，你让我先别跟你说话，是因为我喊了你的名字吗？那我以后应该叫你什么呀？好像叫什么都不对……傅叔说我不可以叫你的名字，这样是不尊重你。你是怕同学们听到了，不开心吗？那我以后小声一点儿好不好呀？还有……我真的没推……”

“啧。”陆明霄眼皮动了动。

叶含铮惊喜地说：“你醒了？你饿不饿，要不要吃……”

“你吵死了！”陆明霄猛地睁开眼，一把将叶含铮拉到床上用手捂住他的嘴，“不许说话！”

“嗯……”

“还说？！”陆明霄拧着眉，凶神恶煞。

叶含铮赶紧摇头，指了指饭菜。

“不吃，”陆明霄继续捂着他的嘴，趴在他身上闭上了眼睛，几分钟后，叶含铮以为他睡着了，却听他说，“我知道你没推胡哲。别哭了。”

那天以后，胡哲再也没来过学校，叶含铮依旧喊陆明霄的名字，只是旁边有人的时候，声音便小了很多。

转眼到了寒假，陆明霄终于不用早起了，裹着被子睡到下午两三点，即便醒了，也不想起来。

傅叔笑着说：“天气一冷，明霄就不喜欢出房间了，像只要冬眠的小动物。”

会冬眠的动物？

叶含铮趴在卧室门口，看到陆明霄躺在软软的大床上，挺直的鼻梁陷进枕头里，头发有点儿乱，挡住了一双特别好看的眼睛，不像北极熊，也不像冷冰冰的蛇，反而像一只大猫，蜷缩在暖烘烘的被窝里面，懒洋洋的。

嘘，不可以当着他的面叫“大猫咪”，他肯定不喜欢。

“含铮。”

傅叔在楼下叫他，手里拿着一张字条：“还记得龙老板吗？”

叶含铮跑下来："记得，是龙哥叔叔送我来的。"

傅叔把字条递给他："刚刚龙老板打来电话，说是你叔叔婶婶想你了，本来电话是留的柯文先生的，但是你们分开了，就让我转交给你。"

傅叔又拿出手机问道："会打吗？"

叶含铮摇摇头，傅叔说："那我教你，以后如果想他们了，都可以打过去。"

叶含铮说了声"谢谢"，认真地看着傅叔帮他拨通陈叔的电话。

"喂？哪位？"

傅叔把手机递给他，转身走了，叶含铮站在楼梯口开心地说："叔，是我呀。"

"含铮？"陈叔惊喜地叫了一声，又扭过头冲外面喊："是含铮的电话，快进来。"十几秒后，王婶也跑了过来，贴着电话问："含铮啊，在市里好不好啊？"

叶含铮说："好，叔和婶呢？"

"好好好，都好，"王婶问，"你爸爸呢？他对你好不好呀？"

叶含铮迟疑几秒，垂下眼说："嗯……爸爸对我也很好。"

王婶欣慰道："那就好，你爸爸家里……还有什么人吗？上次走得太匆忙了，婶都没来得问清楚。"

叶含铮说："有傅叔，有爷……爷奶奶，还……还有一个哥哥。"

"啊？还有哥哥啊？"王婶有点儿担忧，"多大了？"

"我们上同年级。"

"哎哟，你这爸爸可真不像话。"王婶以为叶父脚踏两条船，愤慨地骂了几句，更担心了，"那你哥哥有没有欺负你啊？"

"没有没有，"叶含铮说，"哥哥对我很好，我们一起上学，一起玩游戏。”

王婶这才放心下来，让他多穿衣服，叶含铮听着她絮絮叨叨地说起来没完，咬着嘴角，嗓子紧紧的：“婶。”

“欸。”

“我有点儿想你了。”

这一句话瞬间让王婶红了眼眶，他们相处了这么多年，早已比亲人还亲。王婶哽咽地说：“婶也想你了，等有时间，叔和婶去那头看你。”

话说起来容易，但陈叔、王婶两口子已经60多岁了，又从没出过远门，来一趟并不现实。

叶含铮笑笑说：“不要，还是等我长大了回去看你们，给你们带好吃的。”三个人又说了几句，才不舍地挂断电话。

今天早上又下雪了，鹅毛似的铺了满地，叶含铮望着窗外发呆，过了几分钟，想起来要把手机还给傅叔，刚一回头，吓得手机掉在了地上。

陆明霄不知什么时候醒了，站在他背后的台阶上，估计来了很久，一直不声不响地听他打电话。

“明霄……”

“骗子。”

叶含铮想解释，又不知道怎么说，他确实骗了叔和婶，不想让他们为自己担心，想装作什么都没有发生地问：“明霄，吃饭吗？”

陆明霄没好气地说：“我是猪吗？”

“啊？”

“整天除了吃就是睡，不会干点儿别的？”

他每次起床都凶巴巴的，叶含铮已经习惯了，顺着他说："那少爷想做什么？"

"不知道，"陆明霄双手放在睡裤兜里，"你去想，想好了告诉我。"

天气没这么冷的时候，陆明霄会出门踢足球，虽然刚刚雪停了，但还没来得及清理，跑起来肯定不方便。叶含铮把手机捡起来还给傅叔，又去餐厅让保姆阿姨做点儿吃的。他以前很少玩，大部分时间都是在写作业或是帮王婶做家务。如果下雪了，还会穿得厚厚的，跟着陈叔去周边的农田里捉麻雀，拿一碗黄色的小米，在树枝上拴一根长长的毛线绳，把竹筐支在空旷的雪地上，然后躲得远远的，等着饿极了的小麻雀钻到竹筐下面时，再猛地拉动树枝，小家伙就被捉到了。

叶含铮这么说着，眼睛里亮晶晶的，陆明霄皱着眉往外看了一眼，跟他去了院子里。

"你捉吧。"

需要的工具傅叔都准备好了，叶含铮拿着竹筐跑到一片空地上，按陈叔教的步骤，一点一点地布置好陷阱，然后安静地趴在雪地里，大气都不敢出，幸好这会儿太阳出来了，并不是那么冷，趴一会儿也没关系。

"你觉得，他能抓到吗？"傅叔拿了件大衣，披在陆明霄身上，陆明霄是真的怕冷，只站在门口。

"能抓到个鬼吧，夏天都没见过几只鸟，更别说冬天了。"

"那你为什么还让他出来？"

陆明霄嘴上冷酷残忍："闲着没事，看活人表演。"

傅叔忍不住笑出声。

陆明霄仰头瞪他："你笑什么？"

傅叔说："我也听到含铮讲电话了，他似乎是想家了。"

陆明霄说："那又怎么样？"

傅叔说："你是怕他继续想下去，会难过吧？所以才让他找点儿事情做，分散一些注意力。"

陆明霄掉头就走："不要胡说，我就是闲着没事干。"

等了将近半个小时，叶含铮果然什么都没抓到。陆明霄早就进屋了，坐在沙发上裹着厚厚的毛毯看电视，看的是《财经新闻》，懂不懂暂且不说，模样倒是挺认真。

叶含铮进来时，脸上红扑扑的，头顶还冒着热气，他没抓住麻雀，倒是帮傅叔和保姆把院子打扫干净了。陆明霄瞥他一眼，关了电视想上楼睡觉，叶含铮喊了声"明霄"，急忙跑过来。

陆明霄问："干什么？"

"这个送给你。"他弯着眼睛，双手捧着，手心里站着一只胖乎乎的雪做的小鸟，傻里傻气的。

陆明霄给这只鸟取了个名叫叶胖啾，放在冰箱里整整五年，终于在一个春暖花开的日子里，寿终正寝了。

叶含铮蹲在冰箱前，手里捧着两颗小黑豆，是叶胖啾的眼睛。

昨天下午两点半，五年没断过电的陆家，突然断了十几个小时的电。傅叔说没事，只要不开冰箱，就还能保持低温，里面存放的物品不会坏掉。但他忽略了叶胖啾太过年迈，以致没能及时救下来。叶含铮看了一眼时间，把黑豆放进书包里，骑着自行车出门了。

A 市中学位于市区以北，叶含铮骑了三四千米，把车子寄存起来，站在公交站附近等车。他今年初二，开学前几天，老师安排四五个成绩好的学生，去学校整理试卷，用于新学期第一天的课堂测试。

“喂！叶含铮！”

突然有人叫他，叶含铮回头，笑着打招呼：“早上好，乔可。”

乔可跑得气喘吁吁的，扶着叶含铮的肩膀歇了半天才说：“早上好！”

他们两个是同班同学，今天要一起到学校帮忙：“寒假过得怎么样？有没有出去玩？”

叶含铮说：“没有。”整个假期他都留在陆家，跟着傅叔把陆家打扫得干干净净。

乔可说：“我妈带我去国外旅游了，搞得过年那天连饺子都没吃上，不过还挺好玩，游乐场特别大！对了对了，给你带了好吃的。”

叶含铮收下乔可送来的蛋卷，说了声“谢谢”，跟他一起去了学校。校园里没什么人，只有叶含铮、乔可和其他三个课代表。趁着老师还没来，乔可把大家召集到一起，开始讲述他在国外经历的奇妙之旅！

正值十三四岁的小孩子，大多喜欢炫耀，乔可也不例外，他坐在桌子上说：“你们不知道当时有多惊险！饿了好多天的大狮子被放出来，一口咬到老虎的脖子上，都咬出血了！吓得我都没敢看，本来以为老虎快死了，结果没想到它居然爬起来逃脱了！”

“然后呢？然后呢？最后谁赢了？”

乔可回忆几秒：“当然是老虎赢了！”

语文课代表叫徐笙，问他：“真的？”

乔可说：“当然了！”

“不对吧。”

“怎么不对？”

徐笙说：“斗兽场那种地方根本就不让小孩子进去好不好，你就是吹牛。”

乔可说：“我没吹牛！我真的进去了！”

徐笙说：“就算进去了也是参观，绝对不会让你看表演。”

乔可说：“你怎么知道，你又没去过！”

徐笙说：“那是明令禁止的好不好，不去也知道啊，而且斗兽场里面根本就不是狮子和老虎搏斗，是人跟老虎搏斗，早就禁止了。”

这点涉及了乔可的知识盲区，但他依然为了面子嘴硬：“就是狮子和老虎。”

徐笙生气了，甩着两根马尾辫说：“根本不是，书上说不是。”

“书上说的又不是完全正确的。”

“强词夺理！”

“我没有，我爸说真的有那种比赛，不过是在地下的，要花很多钱才可以看。”意识到自己说漏嘴了，乔可急忙转移话题，“不过你们猜我去那玩的时候，碰到谁了？”

“谁啊谁啊？”数学课代表是个小四眼，非常捧场。

乔可说：“就是隔壁班的陆明霄。”

“真的？”这个徐笙倒是相信，还挺感兴趣，“不过我觉得他好可怕啊，以前在走廊碰到过几次，我都不敢靠近。”

小四眼说：“我也怕他，不过他数学成绩好，我之前还想找他请教问题，但是他瞪我……”

乔可问：“他为什么瞪你？”

小四眼委屈：“我也不知道啊，就莫名其妙的，那天叶含铮也在，不知道我们怎么就惹到他了，是不是，含铮？”

叶含铮早就脱离了他们的“战局”，坐在桌子前写写画画。乔可看到他面前放着两个圆圆的纸球，文具盒里还放着两颗黑豆，徐笙也围过来问：“做手工吗？”

叶含铮点点头，拿出胶水把一大一小两个纸球粘在一起，又装上眼睛，用红笔画出尖尖的嘴。

好了，大功告成！

去学校忙了两天，终于完成了老师交代的任务，这天叶含铮早早起床，抱着陆明霄的被子去了后院。后院地方宽敞，弧形的晾衣绳挂在立柱中间，上面飘着洗干净的床单、被罩。叶含铮这几年长高了不少，但抱着沉重的被子时还是要踩在小板凳上才够得着晾衣绳。他把被子左右拽齐，又拍了拍上面的褶皱，然后回房间换了一身衣服。今天他要跟着傅叔去机场接陆明霄，陆明霄春节前去了国外，坐今天凌晨的飞机回来。

“含铮，走吧。”

傅叔在楼下叫他，叶含铮应了一声，从书包里拿出前两天做好的东西，摆在冰箱里。

五点半左右，陆明霄从机场走了出来，手上没拿行李，整个人高了很多，脸上褪去了儿童时期的青涩可爱，越发英俊好看。

叶含铮一早从车上下来等着，看见他便喊了声“明霄”，帮他打开车门。

“陆先生还好吗？”傅叔透过后视镜问了一句。

陆明霄说：“还行。”这位陆先生是陆明霄的父亲，叶含铮来了五年，从没见过，听说陆先生工作很忙，又常年定居在国外，没时间回来。陆明霄打了一个哈欠，随手拽过叶含铮的肩膀靠了上去。

叶含铮没出声，甚至连呼吸都轻了一些，拿过身边的小毯子，盖在陆明霄的身上。他早就习惯了这样照顾陆明霄，小学那几年一起上学，几乎天天如此，只是升入中学以后，陆明霄不跟他一起走了，让他自己去学校。

可能还是因为称呼的事情吧，叶含铮想：或许他真的不喜欢在学校里被自己直呼名字。

回到家，叶含铮帮陆明霄脱了外套，刚刚挂起来，发现陆明霄走到冰箱前面，叶含铮眨眨眼，赶紧说："要拿什么？我帮你。"

陆明霄的坏脾气一点都没变，皱着眉说："我是残疾人吗？开个冰箱门都不会？"

"不是，"叶含铮没强求，一步一步地往厨房挪，"那我去帮忙收拾碗筷。"

陆明霄没说话，打开冰箱门拿出一瓶饮料，盖儿还没拧开，凌厉的目光落在一只变了种的小鸟身上。

"站住。"

叶含铮没来得及跑，只好站在原地。

"这是什么？"陆明霄跟那只傻兮兮的纸球鸟对视了半分钟，问道，"叶胖啾呢？"

叶含铮知道瞒不住了，低着头承认："停电以后，飞走了。"

变异版的叶胖啾被陆明霄强行带走了，具体被放在哪里，叶含铮也不知道。

新学期正式开始，叶含铮照常叫陆明霄起床，先帮他准备好衣服，等着他洗漱出来，再帮他穿上衬衫。陆明霄垂下眼，发觉叶含铮的头顶距离他的下巴近了一些，问道："你是不是长高了？"

"嗯，"叶含铮说，"前几天才量的，快 1.7 米了。"13 岁这个身高已经相当不错了。陆明霄自己系上袖口的纽扣，瞥了一眼旁边的小木床，转身下楼。

叶含铮要去坐公交车，不跟他同路，在厨房简单地吃过早饭，提前走了。傅叔依旧提着书包站在门口，等陆明霄吃完之后，开着车绕了一段路，看着叶含铮上了公交车，才又拐回去。

开始是怕叶含铮找不到公交站牌，或是自行车骑不稳摔倒了，他也不露面，就跟在后面看着，没什么问题才走。第一天是陆明霄授意的，之后每天上学的路线都没有变过，傅叔没提，陆明霄也没说，不知不觉地就成了习惯。

天气逐渐回暖，换掉厚重的棉衣，套上了春天的外套。今天放学前乔可约了叶含铮一起去买东西，徐笙说："你们是女生吗？买东西还要一起？"

乔可说："谁规定只有女生才可以一起出去买东西？我就乐意跟叶含铮一起去，你管得着吗？"

徐笙嫌弃："小姑娘似的。"

乔可气得兰花指翘起来："你性别歧视！"

叶含铮坐在旁边忍不住笑出声来，他原来不想去，毕竟自己还要回陆家帮忙，没有太多自由时间，能上学已经是陆家对他最大的恩惠了。这么多年他从来不会提一点点别的要求，哪怕是放假的时候同学喊他出去玩，他也都委婉地拒绝，但架不住乔可每次下课都来找他，甚至上课还传字条给他，差点被老师发现叫出去罚站。

叶含铮想了想，拿出手机给陆明霄发短信。手机是 10 岁那年管家送给他的生日礼物，他珍惜得不得了，现在看起来还像新的，里面只存了三个电话号码，陈叔的、傅叔的，还有陆明霄的。

他发信息：今天放学，我可以晚点回去吗？

等了五分钟，陆明霄没回，叶含铮又发了一条：同学约了我去买东西，我可以去吗？

又过了五分钟，陆明霄惜字如金地回了一句：哪个同学？

叶含铮说：乔可。

跟他关系好的只有乔可和其他几个，这些人陆明霄都知道。又过了几分钟，陆明霄才回了一个字：嗯。

算是批准了。

小四眼坐在他们前排，扭过头问："你们要去买什么呀？"

"我最近想要学滑板，昨天资金终于到位了！"乔可从兜里掏出几张红艳艳的纸币显摆，"待会儿准备去文体店看看，如果有合适的就买一个。"

小四眼说："文体店里面有吗？"

"有啊，"乔可说，"我上次看到了，就是样式少了一点，不知道这段时间有没有来新的。"

小四眼问："文体店是不是在老街胡同那边啊？"

"嗯，那家比较大。"

小四眼担忧："那你们两个可要小心一点。"

乔可问："怎么了？"

小四眼说："那边有劫道的小混混，就是咱们学校初三的那伙人，听说还抢钱呢。”

乔可有点慌，但是滑板的诱惑实在太大了，左思右想，还是拉着叶含铮一起去了。

老街胡同确实年头很久了，不少店面还是几十年前的风格，一直没有拆建，市政府打算在这里保留A市最原始的样貌，但这里的治安也一直不太好，街上常年盘踞着一群小流氓。由于距离学校比较近，这里的流氓多是不好好上课的刺头学生。

乔可没想到自己这么倒霉，他和叶含铮连文体店的大门还没摸着呢，就被人堵在死胡同了。

“喂，借点儿钱花花呗？”

说话这人乔可认识，是初三的冯晟，这人每次去学校都会闹事，一直属于反面典型，连老师都没办法，只能让大家看见他尽量躲着走。乔可吓得小腿发抖，紧紧搂着叶含铮的手臂说：“我……我没钱。”

叶含铮还算冷静，一直想找机会逃跑，他知道跟这种人没办法讲道理，也知道乔可如果给了钱，后面肯定还会有第二次、第三次，都是一个学校的，以后甩都甩不掉，报警没用，找家长更没用。

冯晟根本不信，提着一根棒球棍，抵在乔可的脑门上说：“赶紧交出来，别让我动手。”

乔可瘪着嘴不愿意，叶含铮看他一眼，意思是等冯晟准备打人的瞬间，赶紧往外跑。乔可也有这个想法，但冯晟带了好几个小弟，跑不跑得了全靠命了，眼看冯晟举起棍子，两人刚准备冲出去的时候，有人说：“晟……晟哥，放他们走吧。”

“什么？”冯晟的棍子被一个小弟拦了下来，挑着眉问，“你认识？”

“嗯……那个是我小学同学。”他指着叶含铮，把冯晟拉到一边小声地说，“晟哥，他是陆明霄的人，咱们还是别动他了。”

“陆明霄？”冯晟嚼着这几个字，总觉得在哪儿听过，“他是干什么的？”

小弟的名字叫梁绍宇，以前跟胡哲走得比较近，小学里传来传去，也只是传陆明霄家里有钱，具体干什么不太清楚：“总之是不好惹，咱们还是……”

“不好惹？”冯晟笑了，“这 A 市还没有我惹不起的。”

梁绍宇还想再劝一劝，但冯晟根本不听，梁绍宇本来也只是初二年级跟过来跑腿的小卒子，说的话没一点分量，甚至还挑起了冯晟的怒火，想要见识见识他嘴里那个陆明霄到底有什么本事，但没想到，叶含铮和乔可趁着他们说话的空当飞快地跑了。

“滚开！都是因为你废话！”冯晟一脚踹到梁绍宇的肚子上，骂骂咧咧。梁绍宇赶紧爬起来道歉，顺着胡同看了一眼路边停着的黑色轿车，总觉得里面有一双眼睛盯着他。

傅叔系回安全带问：“咱们走吗？”

陆明霄看着车窗外的小混混散开，说了声：“走吧。”

傅叔发动车子，感叹：“没想到现在的初中生这么厉害，拉帮结伙的，学校不管吗？”

陆明霄没理他，过了一会儿突然说：“叶含铮长个儿了。”

“是，长了不少。”

陆明霄低头翻书，看的跟课本无关：“回去给他换张床，床小了。”

突然换了床，叶含铮还有一点点不适应，那张小床他睡了五年，确实有点伸不开腿了。把床单、被罩铺完刚好到晚上九点半，他又去厨房端了一碗汤，送到书房里。

从去年开始，陆明霄每天晚上都会在书房里学习到很晚，他已经很久没有碰过心爱的足球了，而且他学的东西叶含铮全都看不懂，总之不是初中的教材。

叶含铮进门之前，似乎听到陆明霄正在跟谁通电话，他靠在椅背上，垂着眼说："知道了。"

电话那边不知说了什么，陆明霄皱着眉越来越不高兴，但语气又是少有的顺从。叶含铮猜想，对方应该是陆先生，那是陆明霄唯一怕的人，用"怕"字也不完全正确，应该是"尊敬"，毕竟是他的父亲，听说十分严厉。

但很多时候陆明霄也只是表面顺从，挂断电话之后暴跳如雷，把桌面上所有的东西都扔到地上，手机也摔成了两半。

叶含铮止住脚步没有进去，直到陆明霄摔够了，在门口等了一会儿，才走进去收拾狼藉。

他了解陆明霄的脾气，从不在他生气的时候出声，安安静静的，把自己当成空气。

不知道是不是换了床的原因，直到后半夜叶含铮都没有睡着。他的睡眠质量一向很好，很少出现这样的情况，正翻来覆去的时候，耳边突然传来细微的呻吟声，接着是急促且粗重的喘息，像是被什么可怕的事物追赶，拼了命地奔跑。

叶含铮刚想起来看看，就听"啊"的一声惊吼，陆明霄猛地从床上坐了起来，狼狈地向他投来一道目光。叶含铮急忙闭上眼睛，翻了个身，装作熟睡的样子。

陆明霄不喜欢别人看他出糗，被噩梦惊醒这种事情，在他看来，应该是一件很丢脸的事情吧。

叶含铮没动，感觉房里的灯光微微亮了一些。陆明霄气息还没有平稳下来，就光着脚下了床，灯光还是太暗，他好像踉跄了几步。那之后，许久没有动静，可也没有陆明霄躺下的声音。叶含铮偷偷地睁开眼睛，发现陆明霄面色苍白地坐在地毯上，手上攥着叶含铮的被角，靠在叶含铮的床沿上。

是太害怕了，所以想离他近一点吗？

叶含铮没有问，偷偷挪动身体，往陆明霄身边凑了凑。

本以为只是偶然的一次噩梦，但是接下来的几天，陆明霄都被惊醒了，直到周六，傅叔也发现了这个问题，趁着陆明霄白天补眠的时候向叶含铮问了情况。

叶含铮说："好像是很可怕的梦，我从来没见过明霄那个样子，您知道原因吗？"

傅叔说："我也不是很清楚，不过应该跟陆先生有关。"

"明霄的父亲？"

"嗯，"傅叔说，"虽然老爷子和程夫人都非常平易近人，陆先生却有些不同，他很有手腕，陆家是到了他手上之后，才走到现在这一步的。因为只有明霄一个孩子，所以陆先生对他非常严格，甚至从现在就已经给他灌输一些商人的思想，还让他看一些比较难懂的报表，那些东西我都看不懂，幸好明霄聪明，难不倒他，只是……"

"只是什么？"叶含铮担心地问，他不想陆明霄再吓醒了。陆明霄睡眠不足精神不好，心情也跟着不好，已经好几天没跟叶含铮说话了。

傅叔叹气："只是陆先生有些操之过急了，明霄才 13 岁，很多东西，他根本接受不了。"傅叔没有详细地跟叶含铮说明，毕竟叶含铮也是个孩子，但他听说，春节的时候陆先生带着陆明霄去看了一场斗兽演出，场面过于血腥暴力。陆先生的初衷是要告诉陆明霄什么叫弱肉强食，却忘了他的年纪，忽略了他是否承受得住。

叶含铮问傅叔如何才能让明霄不做噩梦，可除了让熬点儿养神的汤，傅叔没有别的办法，这种事情也不能跟陆明霄提，就算提了，也不能让他突然就不怕了，睡个好觉。

想来想去，叶含铮只好给王婶打个电话，他想着老人家可能懂得比较多。

"做噩梦？"王婶说，"是不是撞邪了呀？"

叶含铮笑着说："不是不是，就是白天看到了可怕的东西，所以晚上会吓醒。"

"哦哦，这样啊，"王婶说，"那很正常，你小时候有一次被隔壁家的狼狗吓到了，连着好几个晚上睡觉都会哭醒，我抱着你哄一哄就好了。"

叶含铮说："那怎么样才能不让他吓醒呢？不是我做噩梦，是我哥哥，他最近都没有睡好。"

"你哥哥呀？"王婶说，"如果他身边有人就哄哄他，拍拍他的肩膀，让他安心。"

当天晚上，叶含铮躺在床上装睡，等陆明霄睡着后，又轻手轻脚地偷偷下床，蹲在他的床边。他不知道今天陆明霄会不会惊醒，但以防万一，还是守着比较好。

凌晨两点左右，陆明霄果然又呜咽了几声，叶含铮困得眼皮打架，立刻站起来，轻轻拍了他两下，可是没用，陆明霄挣扎得更明显了，额头上冒出细细密密的冷汗，嘴里含混不清地说：“不要，不要吃我……走开……滚开！”

叶含铮急忙握住他的手，小声安抚：“明霄别怕，没事的，没事的，我在你身边，不要怕。”

似乎听到了他的声音，陆明霄稍微冷静了一点。

好像有用？

叶含铮帮他擦了擦汗，又帮他把被子盖严，每当他表情紧张的时候，叶含铮都会按照王婶说的方法，一边轻柔地拍着被子，一边小声地哄着他，对他说梦里看到的都是假的，不要害怕。

直到凌晨四点多，陆明霄的呼吸才渐渐沉稳下来。叶含铮打了个哈欠准备上床睡觉，又怕自己睡过头，干脆换了衣服坐在床边，等着明霄醒过来。

第三章

研学旅行

过了一周，陆明霄的状态好了不少，叶含铮不敢在他面前表现出困倦，只好白天上课的时候偷偷打瞌睡。王婶说受到惊吓也算一种病，如果忘不了，刻在心里一辈子，以后肯定会留后遗症。

叶含铮害怕，更不敢睡了，导致今天早上帮陆明霄穿衣服的时候扣错了两个纽扣，头沉甸甸的还差点扎进他的怀里。

陆明霄退后半步，皱着眉问："你是傻瓜吗？"叶含铮咧着嘴笑，企图蒙混过关。

课间时，乔可抱怨："老师真是偏心眼儿，叶含铮上课打瞌睡就关心他是不是生病了，我如果上课打瞌睡，就把我轰出去罚站！"

徐笙一针见血："因为他平时听话，你一点儿都不听话。"又跟叶含铮确认："你不会真的生病了吧？"

叶含铮趴在桌子上迷迷糊糊地说："没生病，就是有点儿困。"

"你半夜做贼去了吗？"乔可昨天终于买到了滑板，凑到叶含铮身边说，"我刚刚去厕所的时候看到你那个小学同学了。"

叶含铮抬起头，下巴压在手背上问："哪个呀？"

"就是那个帮咱们的人啊，好像叫梁绍宇，我本来想跟他道谢的，可他躲得远远的，好像我是洪水猛兽一样。"

叶含铮想起来了，但他对梁绍宇没什么印象，乔可说："不过我还是跟他说了声‘谢谢’，毕竟受人滴水之恩应该涌泉相报嘛，只是这个人有点奇怪。”

小四眼又一次配合地回过头：“哪里奇怪呀？”

“那天他明明帮了我们，结果却在背地里说叶含铮不好惹，他是怕被转学才会帮忙的，还让我离叶含铮远点，省得以后引火烧身。”

小四眼问：“什么意思啊？”

乔可说：“我也不知道呀，不过我讨厌他这种背后说人坏话的人，就坚决维护了我和叶同学的友谊！”说着一巴掌拍在叶含铮的肩膀上，笑着说：“有没有很感动呀？”

等了半天叶含铮都没回应，乔可低头，发现他已经趴在手背上睡着了。

“到底是有多困啊？”乔可抓了抓头发，打算换个对象吹嘘自己的新滑板有多厉害时，突然发现徐笙从抽屉里拿出一面小镜子，对着抹起了润唇膏。乔可说：“你疯了吗？”

徐笙竟然没有反驳，收拾好东西又规规矩矩地坐在位置上看书，装得像个淑女，班里不少女同学和她的动作如出一辙，还有几个不好意思地窃窃私语。乔可疑惑地抬头，看到陆明霄站在教室门口，只停留了几秒钟，又转身走了。

叶含铮在学校补了觉，晚上精神了一些，守在陆明霄床边静静地等着。今天的陆明霄有些奇怪，虽然没有挣扎得出冷汗，但始终微微地皱着眉，不算明显。可叶含铮还是看出来了，怕他又做了不好的梦，于是轻轻地拍了拍被子，小声地在他耳边安慰着。

第二天不用上课，叶含铮跟着傅叔一起去院子里修剪花草。傅叔看他脸色泛白，叮嘱他在照顾陆明霄的同时，自己也要注意休息。叶含铮听话地点点头，看着傅叔剪下几枝开败的花枝问："这是栀子花吗？"

"不是，"傅叔说，"长得像而已。"具体叫什么名字，他也说不清楚，只知道这种花似乎有一些安神助眠的功效，程书蕴觉得好看，就移回来几棵种在院子里。叶含铮问："那可以种到花盆里吗？"

傅叔说："可以，只要能见到阳光就好。"正聊着，保姆跑了过来，说是程书蕴打了电话来。老两口从年前到现在都在外面玩，时不时打电话回来问问孙子的情况，关心一下。傅叔放下剪刀起身，竟然看到陆明霄站在客厅的落地窗前。

"明霄起床了？"他走了几步才问，"什么时候起来的？"

保姆说："你们出来的时候就下楼了，一直站在那儿，还没吃早饭。"

傅叔说："先去准备吧。"他急匆匆地回去接了电话，挂断之后才走到陆明霄身后。陆明霄没动，始终看着窗外，傅叔也没打扰他，跟着看了过去。院子里的叶含铮不知道从哪里找来一个瓷花盆，正拿着小铲子移植那棵白色的花，像是怕伤到根茎，小心翼翼地，甚至趴在地上。

"啧，"陆明霄嫌弃地说，"真是笨死了。"

傅叔笑了笑："确实。"

陆明霄不高兴地问："确实什么？"

傅叔说："没什么。"陆明霄向来如此，自己可以说叶含铮又蠢又笨，但别人说就不行。

过了一会儿，傅叔问："你觉得，含铮来家里这么久，算是你的玩伴吗？"

陆明霄说："不算。"

"那他算什么呢？"傅叔有时候很好奇，如果不是玩伴，就是保姆，可是陆家并没有慈悲到供一个保姆上学，陆明霄也不会对一个保姆这么关注。

“足球吧。”陆明霄沉默了几秒，给出了答案。

“足球？”傅叔看着捧着花盆跑回来的叶含铮说，“原来是这样……”

陆明霄喜欢足球，程书蕴每年都会送他一个新的足球当作礼物。他虽然任性，可对喜欢的东西向来爱惜，十几个足球放在游戏室，到现在还保存得好好的。

原来叶含铮一直以来，都被他当成了奶奶送的礼物，刚好这份礼物他觉得还不错，所以才会特别关注，留了这么久。

“明霄！”叶含铮灰头土脸地跑进来，“我可以把这盆花放在卧室里面吗？”

陆明霄不客气地说：“很丑。”

“啊？”叶含铮眨眨眼，“很好看呀。”

“我是说你，”陆明霄不耐烦地拽着他上楼，“赶快去洗干净，脏得很。”

叶含铮紧紧抱着花盆，生怕掉在地上：“那花呢？可以放在房间里吗？”

陆明霄说：“我不喜欢花。”

可是它也许能让明霄睡个好觉。

叶含铮正想着如何说服陆明霄，又听他说：“不要放在我旁边。”

“好呀，”叶含铮弯着眼睛笑起来，“那放在阳台好不好？”

“随便。”

叶含铮说：“放在阳台还可以见到阳光，傅叔说它喜欢晒太阳。”

陆明霄毒舌：“也可能会被晒死。”

“不会的。”

我才不会让它被晒死，叶含铮偷偷做了个鬼脸，在心里说。

估计是放在阳台的花起了作用，陆明霄那天晚上一动不动，睡得异常安稳，只是眉头皱得更深了，也不知为什么。

叶含铮又打电话问了王婶，王婶说还要观察两三天，如果真的不再做噩梦，就是没事了。叶含铮悬着的一颗心终于落回了原位，但长时间的睡眠不足，还是给他造成了一些影响。午休的时间太短了，下课那几分钟又不敢睡熟，跟着乔可下楼梯时没注意，左脚绊右脚，竟然摔了一跤。

“你没事吧？”乔可急忙把他扶起来问。

叶含铮拍了拍身上的土说：“没事。”检查了一下，确实没什么大碍，只是膝盖上擦破了一小块皮，没有流血。

本以为只是个小插曲，但吃过晚饭，叶含铮的脚踝莫名其妙地肿了起来，陆明霄从浴室出来，看他一瘸一拐地铺床，皱着眉问：“怎么回事？”

叶含铮避重就轻地说摔了一下，没什么事。

陆明霄不信，让他把裤腿卷起来，叶含铮拒绝不了，只好露出包子一样的脚踝。

“这是没什么事？”陆明霄的声音瞬间提高，听起来有点生气。

叶含铮说：“真的没事，就是下楼的时候不小心，只磕破了一点儿皮。”怕他不信，还把裤腿卷高，想露出膝盖证明一下自己没有说谎，但没想到膝盖竟然也青了一片，叶含铮赶紧又把裤腿放下，装作无事发生。

陆明霄看了他几秒，摔门走了。

很多时候叶含铮猜不透他为什么生气，只好老实罚站，过了一会儿，陆明霄又摔门回来，手里多了一瓶药水。

“坐下。”

“哦。”叶含铮听话地坐在床上。

陆明霄拽来一把椅子，坐在他跟前，一把握住他的脚踝。

叶含铮意识到他要做什么时，赶忙说：“明霄，我自己来就好了。”

陆明霄瞪他：“老实坐着。”

“真的不用麻烦……”叶含铮说，“我自己可以……”

陆明霄皱眉：“你可以什么？可以熬夜？”

叶含铮怔了怔：“你……你知道了啊？”

“我是傻瓜吗？”陆明霄说，“你每天在我身边晃来晃去，以为能瞒住什么？”

叶含铮垂下眼，还以为自己隐藏得很好。

药水喷在肿胀的脚踝上，凉丝丝的很舒服。陆明霄黑着脸，又拿棉签帮他涂抹均匀。叶含铮想了想，小声说：“我小时候……也会做噩梦。”

陆明霄没理他，继续手上的动作。

“王婶说有一只很小的狗，”叶含铮手上比画着，“只有这么大一点儿，但还是吓得我哭了好几天。”

陆明霄依旧没说话。

叶含铮抿着嘴，停顿一会儿：“所以你被老虎吓到做噩梦很正常，如果是我，没准儿还会被吓到尿床呢。”

陆明霄“哼”了一声：“尿床是值得自豪的事情吗？”

“不自豪……”

陆明霄帮他涂好药说：“睡觉。”

叶含铮申请：“我今天可以晚点儿睡吗？”

“不行。”

“可是我怕……”

陆明霄不耐烦：“怕什么怕，我说不行就是不行。”

叶含铮看了眼时间，听话地躺在床上，他从来不会反驳陆明霄，毕竟反驳无效。

两个小时后，叶含铮偷偷爬起来，他还是不放心，打算趁着陆明霄睡着再观察观察，结果一回头，陆明霄正靠在床头盯着他看。

糟糕……被发现了。

陆明霄虎着脸说：“躺下。”

“哦。”叶含铮又听话地躺回去。十分钟后，他又睁开眼睛侧过身说：“你真的不会再做噩梦了吗？”

陆明霄说：“不会。”

“真的不会吗？”叶含铮说，“可是你都睡着了，又怎么知道自己不会做梦，等你知道的时候，都惊醒了。”

陆明霄瞥他一眼：“你烦不烦？”

叶含铮闭嘴，如果放在以前，他可能就不说话了，但是这种事情非同小可，留下病根就麻烦了。等了一会儿，他还是爬起来，抱着枕头走到陆明霄身边，说：“我可以睡在这里吗？”

“哪里？”

叶含铮说：“我可以睡在你的床上吗？”

“为什么睡我床上？”陆明霄问，“理由呢？”

“因为睡在一张床上就距离你比较近，如果你又做噩梦了，我肯定会第一时间发现的。就算我没有发现，我离你这么近，你睁开眼睛看到身边有人，也不会觉得害怕了。”叶含铮抬手给自己划了一片区域，“我只睡这么一点点，不会挤到你的。”

陆明霄不愿意，他从来没和别人睡过一张床，哪怕是很小的时候，也都是自己睡。可叶含铮眼巴巴地看着他，眼睛里红红的，布满血丝，如果让他继续熬夜，指不定谁照顾谁，陆明霄说：“那你不要乱动。”

叶含铮点点头，乖巧地钻进了陆明霄的被子里。

陆明霄还在看书，没有理他。半个小时后，陆明霄准备休息，刚把书放下就感觉叶含铮贴了过来，皱了皱眉，想要把他叫醒，可听他在梦里含含糊糊地喊了几声“明霄”。

算了，睡就睡吧。

4 月中旬，A 市中学安排了一次研学旅行，由于人数众多，所以分批出行，每三个班为一组，目的地是距离 A 市一百多千米的云松山。

叶含铮在（1）班，陆明霄在（3）班，刚好分到一个组里，但这种旅行陆明霄基本不会参加，他觉得幼稚无聊，还不如留在家里睡觉。

陆明霄不去，叶含铮也会请假。但这次程书蕴不知从哪儿得到消息，给叶含铮打了电话：“含铮啊，奶奶可以拜托你一件事吗？”

叶含铮捧着电话恭恭敬敬地说：“您请讲。”虽然程书蕴自称“奶奶”，但他知道自己的身份，一直很懂规矩，程书蕴很喜欢他这一点，这么多年，对他也不错。

“我听说，你们学校最近要出去旅行是吗？”

“嗯。”

“挺好挺好，那你能不能帮奶奶说说，也让明霄跟着一起参加参加集体活动？他总是一个人待着，小时候还看不出来，长大了连几个要好的朋友都没有，奶奶很担心啊。”除了叶含铮，陆明霄似乎真的没有别的朋友，偶尔家里也会举行一些宴会，程书蕴会让陆家生意上的合作伙伴带着同龄的孩子过来玩，可每当这个时候陆明霄都关着房门不出来，他从来不喜欢结交新的玩伴。程书蕴有时候庆幸还有一个叶含铮陪着他，可有时候又担心，她找了一个叶含铮，总不能再找第二个、第三个吧？

叶含铮明白她的意思，可大家都知道，根本没人能说服陆明霄，除非这件事情他自己愿意，否则说再多遍，都是白搭，但是程书蕴亲自打电话过来，叶含铮还是应了下来，打算试试。

叶含铮去厨房拿了几块点心，又倒了一杯刚刚煮好的奶茶，端到书房。

陆明霄正在看书，眼都没抬。

叶含铮等了一会儿，趁着他翻页的空当，喊了声“明霄”。

陆明霄：“嗯？”

叶含铮说：“下周的研学旅行，你要去吗？”

“不去。”陆明霄想都没想，直接拒绝。

“但乔可说，这次旅行很有意思，山上也有很多好玩的地方，大家可以徒步上山，中午的时候在半山腰休息，可以一边看风景，一边野餐。”

陆明霄兴致索然：“没意思。”

叶含铮没有气馁，继续游说：“乔可还说，山上有很多稀有的植物，还有很多可爱的小动物，他们去年也去了那附近，还在树林里看到了好多毛茸茸的小白兔，特别可爱。”

陆明霄无动于衷，继续翻书。

看来明霄不喜欢小白兔，叶含铮停顿两秒，再接再厉：“乔可还说，这次不住学校安排的宿舍，要在山顶搭帐篷，晚上可以用望远镜看星星，早上还可以看日出，日出很漂亮。乔可说……”

“乔可、乔可、乔可，闭嘴！”陆明霄猛地站起来，“要去你自己去。”又把书拍在桌面上，冷酷地走了。

他知道乔可这个人，但从来没觉得乔可的名字这么难听。

傅叔从餐厅出来，看到叶含铮蹲在楼梯口愁眉苦脸，走过去问他怎么了。

叶含铮把事情大概说了说，傅叔问：“乔可是你那位同学吗？”

“嗯，我们从一年级开始就是同桌，关系很好。”说着二楼传来一声巨响，叶含铮和傅叔同时抬头，看见陆明霄正从游戏室出来回到书房，又是“咣当”一声，书房的门也受到了重创。

到底怎么了……真的这么不想去旅行吗？

傅叔看着叶含铮苦恼的样子，笑着说：“或许换个人呢？”

“嗯？”

“换个人对他说，不是乔可，也不是别的什么同学。”

叶含铮想了想，瞬间明白了他的意思，匆匆跑到卧室，拿出昨天发的旅行手册。手册上并没有吸引人的地方，大多是注意事项，他没有去过，也没办法像乔可一样说得头头是道，苦思冥想了半天，等着陆明霄回房睡觉。

晚上十点左右，陆明霄洗漱干净准时上床，叶含铮依旧睡在他的旁边，裹着被子露出一颗圆乎乎的小脑袋，讨好地笑。

陆明霄的气好像消了一些，瞥他一眼说："笑什么笑？"

叶含铮说："你吃过野菜吗？"

陆明霄哪里吃过，别说野菜，就连常见的蔬菜他都不喜欢，口味非常挑剔。叶含铮说："我小时候吃过几次，是王婶没事的时候去山上采来的，可以炒鸡蛋，也可以放在玉米饼子里面做馅儿，特别好吃。"

陆明霄冷漠："你 8 岁以前吃的东西还记得住味道？"

叶含铮眨眨眼，因为确实记不清楚了，但这不是重点，又接着说："除了野菜，山上还有很多野果子，其中有一种果树叶子很大，边缘像是凹凸不平的锯齿，差不多就是这个季节，会长出红色的果子，酸酸甜甜的，特别好吃，Q 县管那种果子叫地梅，真的很甜很甜。"他说得特别馋人，还夸张地吞了吞口水，试图吸引陆明霄的注意。陆明霄说："甜才见鬼了。"

"是真的。"

"我不信。"

叶含铮坐起来说："你如果不信，可以跟我一起去找找呀，刚好我们要去云松山，那里肯定会有很多，如果不甜……不甜的话，随便你怎么罚我。"

呵，终于露出马脚了。陆明霄不上钩，躺下睡觉。

叶含铮挫败地塌下肩膀，把灯调暗了一些，准备明天给程书蕴打个电话，也跟着闭上了眼睛。

一直到凌晨，陆明霄都没睡着，他心里有一点疑惑，但具体为什么疑惑，又说不清，就是觉得心里乱糟糟的。

这个时候，叶含铮翻了个身。

叶含铮始终有一个错误的认知，他一直认为自己睡着之后很乖很乖，不会随便乱动，但只有陆明霄知道，他可以从床头，滚到床尾，还喜欢说梦话，但具体说什么又听不清。

陆明霄睁开眼睛，感受着耳后平缓的呼吸，蓦地想起一件事，把叶含铮叫醒，坐了起来问："帐篷是几个人睡？"

叶含铮揉了揉眼睛，不太清醒："两个呀。"

"两个？"陆明霄问，"你跟谁一起？"

"老师安排我和乔可一起……怎么了？"叶含铮想要坐起来，又被陆明霄按回被窝，隐隐听到他冷哼一声："没事。"

第二天叶含铮准备跟老师请假，下楼的时候傅叔递给他一个旅行箱，叶含铮问："这是什么？"

傅叔说："是外出时需要的东西，有一些零食和更换的衣服。"

研学旅行需要一周的时间，傅叔想得周到，还准备了指南针和手电筒。叶含铮说："谢谢您，但是明霄不想去，所以我也不去了。"

傅叔说："这次你不去吗？"

叶含铮坚定地摇头："明霄不去我也不去，我陪着他。"

傅叔把行李箱递到他的手里，笑着说："可是他已经去了呀。"

叶含铮惊讶："什……什么时候去的？"

傅叔说："趁你还没起来的时候。"

难怪今天醒来没有看到陆明霄，叶含铮没问陆明霄为什么突然改变主意，只要他能去就好。

他提着行李箱，跟傅叔一起去了学校。五年以来，除了陆家和学校，叶含铮基本没去过其他地方。傅叔把他送到学校附近，看他有些坐立不安，问道：“含铮，怎么了？”

叶含铮说：“是李叔带明霄去的吗？”

李叔是陆家正式的司机，只不过傅助理更让程书蕴安心，所以一直让他送陆明霄上学。

“嗯。”

叶含铮说：“那明霄的行李都带好了吗？同学说山上冷，他怕冷，您帮他拿厚衣服了吗？”

傅叔温和地笑了笑：“都拿了。”

叶含铮点点头，下车时又把车座上的小毛毯放在旅行箱里，倒不是不信任傅叔，只是想多拿一件，让陆明霄更暖和些。

学校门口聚满了人，乔可、徐笙、小四眼正站在（1）班的校车前聊天，叶含铮跑过来加入他们，听着他们讨论云松山的景色。“哎，乔可，那个大块头是不是你家邻居啊？”小四眼推了推眼镜，看到（3）班有一个壮硕的高个子，看起来不止 1.8 米，站在一群刚刚开始发育的初中生里，像个小巨人。

乔可：“嗯，他叫贾申，都有 200 多斤了，身上都是肌肉，是咱们学校的体育生，练铅球的。”

贾申四方大脸，留着刺头，也看见乔可了，走过来打声招呼。叶含铮仰头看他，和小四眼一起退了半步，小四眼趴在叶含铮耳边说：“（3）班的人都长这么凶吗？”

叶含铮说：“还有谁啊？”

“陆明霄啊。”

“他……不凶呀。”

贾申没听到他们窃窃私语，一巴掌拍在乔可肩膀上说：“我听说你们上次被初三的混混劫道了？”

乔可小鸡崽儿一样侧歪着：“是啊，幸好我们跑得快，没什么事。”

贾申说：“有事也没事！以后你们几个我罩着，在场的有一个算一个。”说着便做了个健美动作，看起来十分强壮。

乔可感激涕零，按着叶含铮三人一起道谢。上了大巴车后乔可又开始跟大家讲述贾申的光辉事迹，把几个没见过世面的中学生听得一愣一愣的。叶含铮听得尤其认真，他很喜欢把有趣的事告诉陆明霄，只是贾申这么厉害的人物是（3）班的，也不知道陆明霄认不认识。

一个多小时后，校车准时到达云松山，行程和乔可说的一样，先是集体徒步上山，到了中午大家便分享自己带的食物。傅叔特意帮叶含铮带了便当，打开之后，乔可和小四眼的哈喇子都要流下来了：“这是什么？”

“鱼……鱼子酱吗？”

“哇，为什么炒饭里面会有瑶柱和海参？”乔可说，“叶同学，你的真实身份是不是一个富家子？一直藏在我们中间，就是为了体会普通人的生活？”

叶含铮说：“不是。”但是丰盛的便当确实很难解释，只能笑着岔开话题。陆明霄严禁他在学校里提起两人的关系，对任何人都不许。想到陆明霄，叶含铮端着饭盒到处看了看，并没有发现他的身影。

正吃着饭，一颗小石头砸了过来，四个人集体抬头，看到贾申站在大树后面，盯着乔可半天，似乎有话要说。

乔可起初没有注意，直到傍晚开始搭帐篷，贾申又贼眉鼠眼地凑了过来：“小可啊。”乔可被他这个语气吓得一屁股坐在地上，拽着叶含铮当掩护：“怎怎怎怎么了？”

贾申咳嗽了一声，脸有点儿红："那个……咱俩……咱俩今天晚上睡一块儿呗？"

"啥？为什么？咱……咱俩又不是一个班的。"

贾申说："不是一个班的也能睡啊，我都跟老师说好了。"

乔可说："但帐篷是两个人睡的啊，况且……"况且你块头这么大，根本挤不下啊。

贾申说："所以我想跟这位同学换一下。"

叶含铮倒是无所谓，换可以，但是要知道理由。

贾申支支吾吾的，抱着膝盖颤颤巍巍地说："老师……老师把我和陆明霄安排到一起了。"

"陆明霄？"乔可问，"跟他睡一起有什么问题吗？"

贾申说："问题大了好不好，他好可怕！"

"真的那么可怕啊？"乔可八卦，"我就见过他几次，看起来挺凶的？"

"那是看起来凶吗！那是真的凶好不好！"贾申委屈，"反正我们班没人敢惹他，靠近一点儿我都起鸡皮疙瘩，看我一眼，我都想跟他道歉。本来不是我们俩睡一起的，老师也没算他的名额，以前这种活动他根本不会参加！但刚刚不知道从哪儿冒出来了，点名要跟我睡！"

乔可说："他可能是要跟你交朋友？"

"怎么可能！我搭帐篷的时候他一直盯着我看，也不帮忙，还挑三拣四的……小可啊，求求你了，你就收留我几个晚上吧！"

"可是叶含铮又不认识陆明霄，不然咱们三个找老师换个大一点儿……嗯？"乔可还没说完，突然感觉背后一阵发寒，缓缓地扭过头，看见一个人影，正阴森森地盯着他："陆……陆明霄？"

贾申那么一个大块头，躲在乔可身后瑟瑟发抖。

陆明霄看了他一眼，淡淡地问："还不回去睡觉？"

贾申的方块脑袋摇得像个拨浪鼓，拽着叶含铮站起来："我……我今天跟乔可一起睡，跟这位同学换了，行……行吗？"估计不行，贾申内心痛苦，但无论如何，他绝对不会和陆明霄睡一个帐篷，哪怕让他睡草地！

陆明霄半晌没说话，似乎在打量叶含铮。

贾申还在疯狂地搜索对策，万万没想到，陆明霄竟然痛快地说了一句："可以。"

陆明霄在（3）班，乃至A市中学都是个特别的存在，性格很差，不爱交流，学习很好，年级第一，老师从来不管他，上课睡觉还得问他会不会硌得慌，当然没问得这么明目张胆，大概就是这个意思。

"他每天上学都是车接车送，但跟他之前的小学同学打听，又都闭口不谈。"贾申在（1）班的地盘睡下，就好像把（1）班当成家了。

小四眼和徐笙来找他们玩，发现帐篷里换了人，开始惊了一下，得知前因后果后就更惊了。

"那叶含铮会不会有事啊？"大晚上的徐笙还多拉一个女生一起来，是怕别人说闲话，误会她和乔可他们有什么超友谊的关系，所以开始学着避嫌。小四眼说："应该没事吧？叶含铮又不会惹他。"

乔可提议："要不咱们几个去看看情况吧？"

贾申立刻躺平，蒙上被子装睡。

晚上八点左右，几十个帐篷分布在山顶上的各个角落，中间点着篝火，还有几台望远镜架在夜空下。其中一个帐篷里亮着灯，叶含铮想要把灯调亮一些，但是户外条件有限，怎么调都是昏昏暗暗的，幸好傅叔准备了强光手电筒，叶含铮找了根绳子，把手电筒绑在头顶的架子上，问道："少……陆……陆同学？这个亮度可以吗？"

陆明霄正在想事情，坐在睡袋里，身上披着叶含铮带来的小毯子，冻得眉头紧锁。

太奇怪了……他到底哪根筋没搭对，竟然要跑到这里来受罪？

"陆同学？"叶含铮歪着头又喊一声。

陆明霄还没有找到头绪，让他安静。

叶含铮听话地闭嘴，坐在一旁，整理傅叔帮陆明霄收拾来的衣服，确实带了两件厚实的外套，叶含铮拿出来，准备待会儿睡觉的时候压在睡袋上面。除了衣服和零食，傅叔还帮忙拿了两本书，其中一本的书签掉了出来，叶含铮没问，直接翻到陆明霄昨天看的地方，把书签放了进去。这些事情他每天都在做，陆明霄却第一次这么认真地看着，说不上不同，可又觉得很不一样，仿佛叶含铮昨天刚来到陆家帮他系好鞋带，晃眼间就长大了。

"你的头发是褐色的。"

"嗯？"叶含铮说，"灯光的问题吧？不过我的发色确实有点儿浅，不如明霄的黑。"

陆明霄说："你叫我什么？太大声了。"

"哎呀，"叶含铮赶忙捂住嘴，从指缝里漏出几个字说，"忘记了。"

陆明霄冷冷"哼"了一声，把头转到一边。

乔可和小四眼还是来了，趴在帐篷外面冻了半个小时，没听到奇怪的动静，才跑回去睡觉。

第二天要上植物鉴赏课，每个班分成五组，由小组组长带队，进入野生树林。赶上谷雨前后，树木都发了新芽，高耸的银杉、粗壮的巨柏，青枝绿叶，蔽日遮天。

班主任觉得叶含铮心细，让他带着乔可、小四眼还有另外四个女生一起过去。徐笙也被编成了队长，不过没跟他们一起。

“山地湿滑，大家走路的时候一定要注意脚下安全，严格按照规定的路线往返，有什么问题，及时通知老师。”班主任又点了点人数，发现叶含铮的队伍后面多了两个人：“(3)班的？”

贾申说：“是的老师，我们班已经出发了。”

班主任说：“那好吧，你们跟着叶含铮。”

贾申背宽，刚好严严实实地挡住陆明霄，叶含铮昨天晚上就觉得他心不在焉，担忧地往后面看了看。

皱巴巴的树干大同小异，除了树叶形状和名字不同，根本没有吸引人的地方，乔可对这些不感兴趣，但今天身边跟了四个女生，他又想炫耀自己博学多才，于是讲起了鬼故事。

“高中部的学长说，当时就在这条路上，碰到了一个崴了脚的老奶奶，老奶奶披头散发，全身破破烂烂，唯独脚上穿着一双崭新的红色绣花鞋。”乔可的声音阴森恐怖，吓得几个女生挤成一团，躲在叶含铮和小四眼的后面，“学长看她低着头哭，走过去扶了她一把，问她家在哪里……”

其中一个姑娘叫楚昕昕，满脸菜色地问：“然……然后呢？”

“然后？”乔可怪异地咧开嘴，指着左边的一个小土包，“老奶奶抬起头，露出一张什么都没有的白板脸，幽幽地说……‘我家在那里’！”

“啊啊啊——”楚昕昕吓得尖叫出声，没控制好身体重心，脚下一打滑，眼看就要摔倒，这条路有一点坡度，虽然不大，但顺着石阶滚下去肯定会摔得不轻，叶含铮手疾眼快，一把拉住她的手腕，让她得以稳住重心：“怎么样？有没有受伤？”

楚昕昕说：“没事没事。”她心有余悸，拍了拍胸口，跟叶含铮道谢，缓过来又伸着手去掐乔可的脖子：“让你吓人！我先把这片小土包变成你的家！”

乔可“嗷呜”一声躲开，急忙冲着贾申喊了声“救命”，贾申为了挽回昨晚的颜面，撸起袖子就要帮忙，结果发现其他女生都围了过来，拉着乔可转头就跑，小四眼热衷看戏，没他什么事也跟着跑了过去。

转眼间，窄小的林荫山路上就剩下了两个人，面对面地站着。

叶含铮趁着周围没人，小声叫了他一声。

陆明霄好像没听见，盯着叶含铮的手皱眉。

还有几步就到头了，叶含铮走到他身边问：“咱们现在回去吗？”话音刚落，陆明霄突然抓住了他的小臂。

叶含铮疑惑地问：“怎么了？”

陆明霄板着脸说：“没怎么。”

没怎么，为什么要抓着他？

叶含铮不信，跟着他走了几步。

叶含铮抿着嘴偷偷笑起来，陆明霄黑着脸问：“笑什么笑？”

叶含铮说：“没想到你也会怕鬼故事啊。”

陆明霄嘴角动了动，想说什么，又咽了回去，脸上写着：谁会怕那种鬼东西？

真是幼稚。

第四章

恶龙与王子

时间过得很快，尤其在研学旅行这种轻松的氛围下，一周转眼就溜走了。今天早上八点要回学校，叶含铮凌晨三点爬起来，蹲在帐篷外面等着日出。

其实前几天他也等了，但是陆明霄怕冷还赖床，除了第一天跟着去了趟野生树林，其他时间都没有出现过，叶含铮也不知道他去了哪儿，但晚上又会突然出现，跟他一起睡在帐篷里。叶含铮猜想，他应该是在安静的地方看书，不然这次外出，没办法完成陆先生安排的作业。

可是云松山不能白来一趟，他很想让陆明霄看看日出，哪怕一眼就好。四点左右，天空泛起了鱼肚白，叶含铮爬回帐篷，喊了声："明霄。"

陆明霄皱了皱眉，没动弹。

叶含铮只好推了推他的肩膀："明霄，太阳快要出来了，我们去看一看好不好？"

"不看。"陆明霄果断拒绝，眉宇间带着被吵醒的厌烦。叶含铮不敢再动他，只好乖乖地闭上嘴，不再说话。

不知是不是在外面待得太久，帮陆明霄掖被子的时候，不小心碰到了他的脖颈，冰凉的触感惊得陆明霄立刻睁开眼睛，刚想发脾气，又看到叶含铮把双手往衣服里面塞，试图焐热了再帮他压被角。

陆明霄坐起来问：“你干什么去了？”

叶含铮老实说：“等日出。”

“几点去的？”

“三点钟。”

“你是猪吗？”陆明霄看了眼时间，又看着他通红的鼻头，气得头晕。

叶含铮解释：“我不太清楚太阳几点出来，因为每天都不一样，但早一点儿肯定不会错过。”

“前几天你也等了？”陆明霄板着脸，拉开睡袋。

“嗯，”叶含铮帮他穿上外套，开心地说，“但之前总觉得还有时间，就想让你再睡一会儿，所以一直没有叫你。”

“蠢死了。”

叶含铮弯着眼笑，随便他怎么说。

陆明霄一向不喜欢看风景，对日出更加不感兴趣。金光乍现的那一瞬间，他的目光停留在叶含铮身上，看他褐色的头发好像变得更淡了，扇子一样的睫毛忽闪忽闪的。叶含铮指着初升的太阳眉飞色舞地跟他说话，说的是什么陆明霄没听清，回过神来，手指已经落在了他柔软的头发上，看着他灿烂的笑容。

到底怎么了？

陆明霄觉得自己出了点儿问题，最近似乎过分地关注叶含铮了，从研学旅行那天开始，到现在回来将近一周。

傅助理走进游戏室，看到陆明霄站在窗边，用膝盖颠着足球，叶含铮在院子里晒被子，这个角度刚好可以看到他踩在小板凳上抻被角。傅助理站在陆明霄身后跟着看了一会儿说：“老先生和夫人后天坐飞机回来。”

陆明霄“嗯”了一声，没有错开目光。

“随行的还有一位小客人，听说是夫人一位朋友家里的小孙子，跟明霄差不多年纪。”

随便，来不来都无所谓，陆明霄没说话，过了几秒，突然问：“如果你的足球总是提起别人的名字，或者去牵了别人的手，又或者蹲在外面冻了很久，就是为了守着时间，让你去看看日出，你的心里会不会觉得……不舒服，或者有一点儿心……”

“心什么？”

“……疼。”陆明霄憋了半天，蹦出一个字。

“哦。”

陆明霄不耐烦：“哦什么哦？”

傅助理说：“我的足球没有手，也不会带我看日出。”

“你！”陆明霄把球踢到一边，转身瞪他，“我是说如果。”

傅助理笑了笑：“那我们先一件一件地说，足球为什么会去牵别人的手？”

陆明霄说：“帮忙吧。”

“既然是帮忙，那是很正常的事情吧？”

陆明霄说：“我觉得不正常。”

“哪里不正常？”

“就是因为不知道才问你啊。”陆明霄嫌弃地看他一眼，觉得问错人了。

傅助理说：“明霄是觉得他帮忙这件事不正常，还是觉得他们的双手触碰到一起了，所以不正常？”

陆明霄耷拉着脸：“碰到一起吧。”说实话他也有点儿闹不懂，为什么看到叶含铮触碰别人，会觉得生气。

傅助理点点头：“那他冻了很久，觉得心疼也是能理解的。”

陆明霄莫名地有点紧张，等着他继续说。

“如果我很宝贝那个足球，可能也会觉得不舒服，也会心疼他。”

“宝贝？”陆明霄的表情有些怪异。

“对，因为很珍贵，所以不愿意让别人碰。因为很宝贝，所以担心他……”

“谁说他是宝贝啊！”陆明霄没等傅助理把话说完，黑着脸吼了一声，转头走了。

叶含铮从小板凳上下来，莫名地打了个喷嚏，跑到厨房，帮忙准备今天的晚餐。他最近开始学习做饭，跟着厨房的保姆阿姨一起煲汤。阿姨姓方，在陆家将近30个年头：“我刚来的时候啊，还是个小姑娘呢，这么一眨眼，就变成老大娘了。”

叶含铮帮她洗菜：“您才不是老大娘，好像比我刚来的时候更年轻了。”

“哈哈，”方姨说，“你啊你啊，跟谁学得这么会说话？”

“我说的是实话呀，”叶含铮笑着说，“方姨就是很年轻。”

“哦哟，小嘴甜得，”方姨往他嘴里塞了一块水果糖，感叹道，“姨都50多岁了，这辈子算是给了陆家。”

叶含铮含着糖问：“一辈子不好吗？”

方姨说：“也不是不好，在咱们陆家工作，可比在外面强太多了，工资多，也不辛苦，就是没那么自由。你现在还小，不像姨来的时候已经结婚有孩子了，等你长大了，肯定要交朋友，要结婚，要离开陆家。”

叶含铮手上的动作停了下来：“我……不可以一直留在陆家吗？”

方姨说：“也不是不行，要看你自己的选择嘛，如果以后傅助理退休了，你没准儿可以接他的班，但是傅助理没有妻儿，所以也无所谓在什么地方，但是你呢？”

“我也不会结婚的。”

“傻孩子，”方姨说，“那是因为你还没有碰到自己喜欢的人，所以才会说出这样的话。”

叶含铮摇摇头：“我肯定不会结婚的，我想一直留在陆家陪明霄。”

这句话说完没多久，叶含铮的床就被请出了陆明霄的房间，陆明霄想证明自己并不宝贝他，面无表情地说：“我们现在都长大了，需要有彼此的空间。”说完有点儿后悔，但说出去的话就像泼出去的水，想要收回来，有点儿困难。

叶含铮可以理解，毕竟他们都长大了，不能一直睡一张床。他把床挪到了陆明霄指定的房间，又简单地收拾了一下，打开窗户通了通风。

新房间就在卧室隔壁，一直空着没人住，叶含铮行李不多，除了被子、枕头，只有一个行李箱，里面是一年四季的换洗衣服，一季两套。

陆明霄靠在门口问：“你只有这么点儿东西？”

叶含铮说：“是啊，都是傅叔帮我买的，因为个子长得比较快，所以这两年换得很勤，但之前的衣服都还是新的，丢掉了很可惜。”

这是重点吗？陆明霄瞥了眼准备搬走的被子，磨着牙。

叶含铮先把行李箱拖过去，又回来抱被子。陆明霄依旧站在门口，表情凝重。

叶含铮四处看了看，突然想起一件事，暂时把被子放下。陆明霄看着被子回到床上，轻“哼”了一声，挑了挑眉问：“你没什么想说的吗？”

叶含铮走到阳台，给那盆安神花浇了点儿水，疑惑地回过头问：“说什么？”

陆明霄看他放下小喷壶，又回去抱起被子，皱着眉说：“你真的没话说？”

叶含铮眨眨眼：“没有啊。”

“好。”陆明霄气得掉头走了。

奇怪……

叶含铮把床铺好，趴在虚掩的书房门口，里面的陆明霄正黑着脸转笔，看起来非常生气。

叶含铮抓了抓头发，找不到原因，今天上午除了搬床的时候傅叔过来帮忙，其他时间只有他和明霄两个人，所以有机会惹明霄生气的肯定是自己。叶含铮看了眼时间，匆匆跑进厨房，他让方姨帮忙盯着火，为陆明霄专门煮了一碗汤，因为是新学的，也不知道他喜欢不喜欢，但是看明霄现在这个状态，午饭肯定不会吃了。叶含铮把汤盛出来，跟方姨要了一块甜甜的水果糖，端到书房里。

陆明霄看他一眼，把笔丢在一旁，冷酷地说：“谁让你进来的？”

叶含铮把托盘放在桌上，规规矩矩地站在他身后说：“明霄，对不起！”

“对不起什么？”

叶含铮说：“我也不知道。”

陆明霄暴躁：“不知道你就道歉？”

叶含铮说：“虽然不知道为什么，但肯定是我错了，你不要生气了好不好？这是我昨天跟方姨学煲的汤，煲了三个小时，你尝一尝味道吧。”

“有什么可尝的，”陆明霄嫌弃地拿起勺子尝了一口，评价道，“还行吧。”

叶含铮笑起来，又从兜里掏出一块糖递给他。

陆明霄没接，淡淡地说：“我不吃糖。”

你根本没有认识到自己哪里错了，所以我才不吃。

叶含铮这次读懂了他的眼神，又把糖放回兜里。

都不再客气一下？！陆明霄愣了几秒，抬手让他出去。

太傻了，太傻了！他才不会把这种傻瓜当成宝贝！

当天晚上，叶含铮失眠了，一是在想陆明霄为什么生气，二是不太习惯，自他来到陆家，两个人就睡在一个房间甚至一张床上，他早就习惯了陆明霄的气息，也习惯了睡觉时开着灯。这个黑漆漆的房间里静悄悄的，叶含铮屏住呼吸，希望可以听到一点儿关于陆明霄的声音，过了几十秒，叶含铮捂着憋红的脸，长出一口气。

怪不得明霄总说他是笨蛋，这种行为确实很像笨蛋，他抱着枕头笑了笑，刚想翻个身，突然听到“咚”的一声闷响，像是谁摔倒在地。

叶含铮急忙下床，往隔壁房间跑，结果陆明霄先他一步站在门口，正打算敲门。

“怎么了？”叶含铮看他穿着睡衣抱着枕头，着急地问：“又做噩梦了吗？”

陆明霄清清嗓子，把头扭到一边：“停电了。”

停……停电？

走廊里灯火通明，“嗒”的一声，叶含铮打开了客房的灯。

陆明霄的额头有点儿红，硬邦邦地说：“是我的房间停电了。”

“哦，那要不要找傅叔修……”

“修什么修，”陆明霄说，“他那么大岁数了，让他睡个好觉吧。”

傅叔的年纪也不算太大吧……只有四十几岁而已。

叶含铮问：“那你今天要睡在这里吗？”

“啧，”陆明霄嫌弃地说，“也只能睡在这里了。”

“可是床有点儿小……”虽然前阵子换了大床，但也是单人的。

“随便吧，又不是没挤过，总比看不见强。”

叶含铮点了点头，上次外出睡的帐篷也是这么大，但当时两人都裹在睡袋里，不像现在能感受到彼此的温度。

第二天，叶含铮去明霄的卧室打扫卫生，按了一下床头灯，果然不亮了，刚想拔掉电源让傅叔看看，结果发现插头已经被人拔掉了。

他蹲在地上想了一会儿，“噗”的一声笑出来，又怕陆明霄从书房回来发现，赶紧捂住嘴巴。

整整一天陆明霄都在书房学习，陆先生对他的要求越来越高，除了睡觉根本没有什么喘息的机会。晚上八点多，陆明霄洗漱完毕，听到有人敲门，这个时间不是傅叔就是叶含铮，擦着湿漉漉的头发走过去，果然看见叶含铮抱着软绵绵的被子堵在门口。

陆明霄问：“干什么？”

叶含铮下巴压在枕头上面，笑着说：“帮你修灯。”

陆明霄说：“你会吗？”

“嗯！”

“好吧，”陆明霄勉为其难，“那你进来看看。”

叶含铮先把被子放到床上，又装模作样地研究半天，最后抬手插上电源。

陆明霄瞥了一眼，脸不红心不跳地说：“原来是这样，怪不得。”

叶含铮弯着眼睛站起来，看到他昨天磕到的额头已经没事了，问道：“明霄，昨天的话，我还能说吗？”

“什么话？”

叶含铮说：“我可以不搬到隔壁去吗？”

陆明霄问：“为什么？”

叶含铮说：“因为我想和你一个房间，每天都帮你修灯！”

陆明霄没忍住笑了一声，又赶紧板着脸说：“我的糖呢？”

叶含铮一直放在兜里，掏出来给他：“晚上就不要吃了吧，对牙齿不好。”

陆明霄剥开糖纸，含在嘴里，高傲地说：“要你管。”

赶上 5 月，又恰逢 A 市中学校庆，连续放了将近一周的假，陆老爷子和程书蕴准时回家，果真带来了一个小男孩，他的祖母和程书蕴关系很好，管陆明霄叫哥哥。

晚上四个人坐在一起吃饭，程书蕴许久没见孙子，嘘寒问暖好半天，才正式介绍：“这孩子叫何灿，跟你同年，比你小几个月，是你的弟弟。”

何灿体形偏瘦，长得白白净净，主动说：“常听祖母提起明霄哥哥，说明霄哥哥特别厉害，才 13 岁就可以帮陆伯伯处理公司的事情，让我这次过来，跟你好好学习。”

陆明霄没理，甚至没给个正眼，面无表情地切着牛排。

何灿有点儿尴尬，委屈地看向程书蕴。程书蕴向来宠孙子，这么多年也没变，无奈地拍了拍何灿的手，又对陆明霄说：“弟弟跟你说话呢。”

陆明霄说：“听见了。”

“听见了你怎么不理弟弟呀？”

“因为不想理。”陆明霄放下刀叉，起身上楼，他最讨厌宴客，也讨厌夸大其词的场面话，要是 13 岁就能处理公司的事情，他还整天学什么学，直接出门顶替他爸了好不好？

何灿看着他的背影不知所措，红着眼圈问：“程奶奶，是我惹明霄哥哥生气了吗？”

“哎哟，灿灿不哭。”程书蕴赶紧拿出手绢帮他擦了擦眼泪，“你哥哥脾气不好，你多体谅一些。”

“叶含铮！”

何灿的眼泪还没擦完，就听到陆明霄站在楼梯口喊了一声。叶含铮原本跟傅叔站在一起，等着收拾餐具，忙应了一声：“是。”

“你还愣着干什么？上楼。”

“好。”叶含铮走之前，看了一眼分成两半没有吃的牛排，跟了上去。

何灿疑惑地问程书蕴：“他是谁呀？”

程书蕴说：“是在奶奶家长大的孩子。”叶含铮的身份确实不好解释，小时候对外说是玩伴，慢慢长大了，明眼人都能看出是陆明霄的小跟班，程书蕴也就不再多说，她有意把叶含铮养到成年，成年后是去是留，全凭陆明霄和他自己的意思。

何灿吃过晚饭，坐在客厅里看电视，程书蕴有些过意不去，陪着他坐了一会儿，但上了年纪又不好熬夜，就让何灿自己看，如果困了，就去三楼的客房休息。

何灿看起来家教不错，跟程书蕴说了晚安，继续看娱乐节目。这时叶含铮从二楼走了下来，何灿回头看了看他，说了声："你好呀。"

叶含铮礼貌地说："您好。"

"可以帮我热一杯牛奶吗？"他理所当然地把叶含铮当成程家的保姆，又说了声，"谢谢。"

"好，您稍等。"叶含铮是下来给陆明霄煮粥的，陆明霄刚刚任性地转头就走，这会儿饿得肚子"咕咕"叫。

何灿坐在沙发上喝完热牛奶，发现叶含铮还留在厨房，便走过去和他聊天。

"你还会做饭呀？"

叶含铮对他笑了笑："还不太会，是最近才开始学的。"

"那也很厉害了，"何灿看到粥里放了一些肉丝和火腿，问道，"是皮蛋瘦肉粥吗？"

"嗯。"

"那皮蛋呢？"

叶含铮说："明霄不喜欢吃皮蛋。"

"哎呀，"何灿惊讶道，"明霄哥哥挑食吗？"

"也……也不能说是挑食吧……就是不喜欢。"

“哈哈！那还不是挑食吗？”何灿问，“程奶奶说你是在陆家长大的？你来了很多年吗？”

“五年了。”

“那你是不是很了解明霄哥哥？”何灿好奇地问，“我觉得明霄哥哥很难接触，你能告诉我他喜欢什么吗？”

叶含铮觉得何灿没有恶意，于是不假思索地说：“明霄喜欢踢足球。”

“运动吗？”何灿问，“除了运动呢？喜欢吃什么？”

叶含铮说：“不喜欢吃青菜，只喜欢瘦肉；不太喜欢甜，但是勉强也可以吃一点儿；喜欢吃酸的东西，可以喝那种浓度很高的柠檬汁；喜欢煮得糯糯的粥；喜欢奶茶不喜欢牛奶，但是为了长高，前几年会按时喝，这几年长得有点儿太高了，所以就不喝了。”

“哈哈，明霄哥哥好可爱呀，那他喜欢什么颜色呀？”

叶含铮说：“喜欢黑色和白色。”

何灿问：“为什么呀？”

叶含铮偷偷地笑：“因为是足球的颜色。”

何灿说：“明霄哥哥的生日呢？”

叶含铮说：“3 月 27 号。”

“那比我大了好几个月呢，我是 12 月的，你呢？”

叶含铮说：“我也是 12 月。”

“哈哈，原来我们两个一样。”何灿说，“你还能再跟我说点儿关于明霄哥哥的事情吗？比如他喜欢什么样的人，我怕明天见到他时又说错话，惹他不高兴。”

这个倒是有点儿难住叶含铮了，陆明霄好像谁都不喜欢，对所有人的态度都差不多，如果不常见面，不认真去了解他的话，很可能会觉得他是一个凶巴巴又不好惹的人。

好吧，虽然接触久了，也一样不好惹。

砂锅里的米粒煮开了花，叶含铮拿着木铲不停地搅拌，奶白色米羹香气四溢。何灿闻了半天也没等到叶含铮的回答，估计他也不清楚，于是说："可以给我尝一点儿粥吗？"

叶含铮说："好哇，我帮您拿碗。"他今天专门多煮了一些，主要是怕陆明霄没吃晚饭太饿，但是分给何灿一些，应该没有问题。

何灿说了声"谢谢"，刚要伸手去接，却抓了个空。

"明……明霄哥哥？"

陆明霄不知道什么时候来的，手上端着抢来的碗，二话没说，拉走了叶含铮，走到半路又把碗递给叶含铮，阴着脸回到厨房。何灿以为他意识到自己不太礼貌，想要道歉，大度地笑了笑，陆明霄却直接绕过他，找了双隔热手套，把整个砂锅端走了。

第二天早饭，陆明霄依旧没有下楼吃，陆老爷子坐在沙发上抖报纸，气得吹胡子瞪眼："真是一点儿长进都没有！"

程书蕴说："怎么没有长进？他每天那么累，多睡会儿怎么了？"

陆老爷子说："你就惯着他吧，早晚惯出毛病。"

"那你说怎么办？他又没有母亲，我不惯着谁惯着？"说到这里程书蕴叹了口气，陆家没人知道陆明霄的母亲是谁。当年陆先生忙于工作，根本没时间恋爱结婚，家里催了两回，本以为他没放在心上，但十个月后，竟然派人送来了襁褓中的陆明霄，还附带血缘证明。想到这里程书蕴就觉得心疼，这孩子到底是怎么来的，可想而知。

"昊东对明霄是不是抓得太紧了？我这次回来，看他都瘦了，要不你跟昊东说说，让孩子晚几年再开始接触公司的事情，咱们明霄才13岁，你看看别人13岁都干什么，你再看看他，明霄这么聪明，晚几年，公司还能垮掉怎么着？”

“我可说不了，”昊东是陆先生的名字，陆老爷子又抖了抖报纸，撇着嘴说，“你儿子什么脾气你最清楚，他决定了的事情没人拗得动，这倒跟你孙子一样，等你孙子长大了自己去说吧，到时候看看谁厉害。”

“你！”程书蕴气得叉腰，“随的都是你们老陆家的臭脾气！你还准备看热闹了？”

何灿下楼的时候，老两口刚吵完嘴，程书蕴对他笑了笑，带着他到餐厅吃饭。

“不等明霄哥哥吗？”何灿拿着勺子问。

程书蕴说：“不用等他，他还没有起来。”

何灿点点头，想到昨天晚上的事情，又站起来说：“那不如……我帮明霄哥哥送上去吧，等太久饭会凉的。”

“这……”程书蕴迟疑半晌，帮何灿剥了一个水煮蛋，“还是等他起来再说吧。”又问傅助理：“含铮呢？”

傅助理说：“他昨晚陪着明霄到凌晨四点，估计还没起来。”

程书蕴表示理解：“等含铮下来，你让他带着灿灿到处走一走，我和老爷子今天约了许久没见的朋友，可能要出去一趟。”

十点左右，陆明霄还没起床。何灿看完电视跑到厨房，让方姨帮忙煮了一点儿粥，又问傅助理：“明霄哥哥的卧室在哪里呀？”

傅助理看他端着托盘，想要接过来，好心地告诉他：“明霄睡觉的时候不喜欢有人打扰，你再耐心地等一等。”

何灿挪走托盘：“可是已经十点了呀，再不起来就要错过早饭时间了。”

“没关系，明霄睡觉之前含铮已经给他送过早饭了，你还是……哎，等等！”傅助理话没说完，何灿直接迈上台阶，跑到二楼挨个儿房间敲门。他跟着程书蕴过来，就是为了见陆明霄，可来了两天，话都没说上几句，心里着急。

叶含铮隐隐听到敲门的声音，试图从床上坐起来：“明霄？”

“嗯？”

“该起床了。”

“啧，”陆明霄闭着眼睛，含含糊糊地回了一句，“别吵。”

叶含铮知道他还没睡够，乖巧地不再说话，但敲门声越来越近，又害怕何灿不熟悉情况，不小心惹恼了陆明霄，只好一根一根地掰开明霄的手指，但试了两次都没能成功，最终宣布投降，不再挣扎。

何灿在外面跑了一圈，终于摸到了陆明霄的卧室。自己家里通常没有锁门的习惯，但任何人都知道，就算不锁门，进去之前也要礼貌地敲一下，何灿自然也知道，可是他敲了十几下，始终没人回应，只好开口说：“明霄哥哥起床了，我让厨房的阿姨煮了你喜欢的粥，你要不要喝一点儿呀？”一边说着一边推开了卧室的门，还没看清床在哪里，就见迎面飞来一个枕头，重重地砸在他的脸上。“吧嗒”一声，托盘掉在地上，何灿还没反应过来，又听到一声低吼，让他滚出去。

经此一闹，觉是睡不成了，陆明霄黑着脸去洗澡，何灿被傅助理带到楼下安慰，叶含铮看着撒在地毯上的白粥，赶紧起来一点儿一点儿地清理。

“这么多年，让枕头受委屈了。”

“嗯？”

叶含铮抬头，看见傅叔走了进来，递给他一双手套：“以前这枕头就是砸人用的，不过自从你来了之后，明霄都砸在地上，估计是那时候觉得你太小了，怕把你砸坏了。”

叶含铮笑起来：“那地板也受委屈了。何灿怎么样了？”

傅叔说：“还在哭，他肯定没有受过这样的委屈，哭一哭也正常。”

“嗯，”叶含铮说，“需要跟他道歉吗？”

“你是说让明霄跟他道歉？”

叶含铮说：“不是，这件事不怪明霄，但怎么说他都是客人，而且还是夫人带回来的，我是怕……”

傅叔揉了揉他的头发：“这个不用你操心，但你可以去陪陪他，毕竟让他一个人待着，确实不好。”

“有什么不好？”陆明霄从浴室出来，瞥了眼叶含铮说：“不许下去。”

“可是……”

“没有可是，”陆明霄说，“他不经允许擅自闯进我的房间，吵醒我，难道还要我的人去哄他？告诉他，爱待就待，不爱待就滚。”

虽然事实如此，但很多事情又不能过分任性，傅助理让叶含铮先出去，单独跟陆明霄说：“夫人走的时候，把何灿交给含铮了。”

陆明霄皱眉：“交给他做什么？”

“因为夫人知道你不喜欢招待客人，但既然人已经过来了，就不能晾着人家，所以让含铮带着他玩。”

陆明霄说：“我同意了吗？”

傅助理说：“虽然你没有同意，但是夫人是这样安排的，如果她回来看到何灿不开心，一定是怪含铮没有处理好。”

十分钟后，叶含铮下楼了。

何灿红着鼻头，哭得一抽一抽，他本来想要回家，却没想到除了叶含铮，陆明霄也跟着下来了。

这次陆明霄肯定是来道歉的，何灿心里想着，哭得更委屈了。

可他一哭，陆明霄就阴森森地看着他，好像随时都要把枕头摔他脸上。何灿吓得寻求帮助，下意识地拽住了叶含铮的袖口，不拽还好，一拽竟然听到了恐怖的磨牙声，何灿赶紧站起来，颤巍巍地说：“明……明霄哥哥对不起，我……我先上楼了。”

何灿的幻想彻底破灭了，他来之前一直听祖母说陆明霄这里好，那里好，毕竟还是初中生，对厉害的人总是有所向往，但实际接触之后，发现陆明霄又凶又暴躁，哪里都不好。

反而叶含铮还不错，觉得他人很……

温柔！何灿想到一个词，突然说：“我觉得没人受得了明霄哥哥那么坏的脾气，只有你这么温柔的人才可以。”

陆明霄回了书房，不知道傅助理又说了什么，终于松口让叶含铮陪着何灿下楼走走。

叶含铮说：“明霄其实挺好的，他只是起床气比较严重，所以才会……扔枕头。”

何灿说：“是对你挺好的吧？我看见你们两个睡在一块儿呢。”

说到这里，叶含铮有点儿不好意思，如果不是昨晚差点儿把陆明霄挤到地上，他这辈子都不会知道自己的睡相有多差。

“奇怪，”何灿问，“你难道不是明霄哥哥的小跟班吗？为什么会和明霄哥哥睡在一块呀？”

叶含铮大概说了一下缘由，就是上次做噩梦的事情，何灿有点儿羡慕。“如果我也能早一点儿认识明霄哥哥就好了，”何灿小声嘀咕，“这样他做噩梦的时候，没准儿就是我陪着他了。”何灿唉声叹气，停住脚步看了叶含铮一会儿，“不过你也挺好的，能认识你也很高兴。”

他跟叶含铮握手，叶含铮礼貌地回应。何灿说：“A 市有什么好玩的地方吗？”

叶含铮说：“这个我也不太清楚，如果您想出去玩，我可以去问问傅叔。”

对于两个未成年的小男孩来讲，下午四五点钟基本没什么可以去的地方，傅叔想了很久，也没有给出一个很好的建议，但何灿又不想留在家里，大家体谅他的心情，尽量满足他的要求。

“去看童话剧怎么样？”何灿提议，“你看过童话剧吗？”

叶含铮摇摇头，陆明霄夜视不好，电影院、剧院这种比较暗的地方从来不去。

何灿拿着平板电脑滑到最近的一场说：“可以去看这一部，这部超级好看！”

童话剧的名字叫《恶龙与王子》，傅助理看了眼具体的时间和地点，今晚七点半，在 A 市中心剧院，全场一个半小时，回来差不多十点，也不会太晚。征求了叶含铮的意思，叶含铮说：“那我去跟明霄说一声。”

何灿拦住他，有点儿胆怯：“还是别叫明霄哥哥了，虽然我也很想让他陪我，但是他好像很讨厌我。”

“不是的，”叶含铮解释，“明霄没有讨厌您，他真的只是因为没有睡好，才会发脾气。”况且陆明霄对任何人都会发脾气，并不是只针对何灿一个。

何灿还是拽着他："算了，我们两个去看吧。"

站在何灿的角度，这个时候确实没办法和陆明霄坐在一起，而且这种幼稚的童话剧，陆明霄也不一定会看。叶含铮考虑了几分钟，对傅叔说："不然我先陪何灿去看，如果明霄问起，您再跟他说，如果没问，就不要告诉他了。"

傅叔点头，安排李叔把他们送到现场，忙自己的去了。

七点不到，中心剧院人山人海，李叔把三倍价钱买来的票递给他们，回到车上等着，又千叮咛万嘱咐叶含铮照顾好何灿。

跟何灿说的一样，这部童话剧的人气很高，很多看过的小朋友在检票的过程中，已经开始讨论起剧情。

"是森林女巫给恶龙施了魔法！其实恶龙一点儿都不坏，他是好龙！就是表面有点儿凶。"

"因为恶龙只对喜欢的人温柔嘛。"

"对对对，恶龙真的好温柔，他深爱着公主殿下，但是公主根本不信任他！气死我了！"

"但是也不能怪公主啊，公主又不知道他是好人。"

"但是骑士就能看出来他是真正的王子呀！如果不是骑士，恶龙早就被假王子杀了！"

"所以最后公主因为内疚走掉了，还是恶龙和骑士在一起了呀？"

"骑士是女孩子吗？"

"喂！你们不要再说了好不好，我还没有看过呢！"

入场之后何灿始终闷闷不乐，他大老远坐飞机过来，却遭受了这样的待遇，难免会觉得不舒服。叶含铮坐在旁边帮他拿着水，安静地看着舞台上的表演，不知道该怎么安慰他。

剧情没有任何悬念，早就在外面被剧透完了，但那个脾气暴躁又会喷火的恶龙，怎么看都有点儿面熟。

“你笑什么？”离场时，何灿看到叶含铮嘴角弯弯的，便问他。

“没什么，”叶含铮说，“我们回去吗？”

何灿说：“你在这里等我一下，我去卫生间。”

叶含铮说：“我陪您过去。”

何灿摇头：“不用了，好多人排队，你在这里等着就行。”

他看起来有点儿失落，估计是想自己安静一会儿，叶含铮没再强求，听话地等着他。

“同学，买个挂件吧！”这时，身后的工作人员趁机推销，剧方为了宣传，做了很多关于话剧人物的抱枕、挂件还有毛绒玩具。

其中有一只小恶龙，捏着下巴眉头紧锁，还有一只双手握拳，单脚跺地，每一只的神态动作都像极了陆明霄，叶含铮喜欢得不得了，从兜里掏出 50 块钱，买了两个。他其实没什么钱，但每个月傅叔都会给他一些，让他买文具或充饭卡。除了必要的花销，叶含铮全都攒着，希望长大以后可以还给傅叔。

这只跺脚的自己留着，这只皱眉的送给明霄。

半个小时后，何灿还没有出来，周围的人流已经散得差不多了，叶含铮有点儿不放心，跑进卫生间，喊道：“何灿？”

半晌没人回应，他又喊了一声：“何灿在吗？”

依旧没人应答，卫生间还有四五个门关着。叶含铮站在里面等着人一个一个地走出来，确定没有何灿，才急忙跑去停车场。李叔正站在车旁等他们，看到叶含铮自己出来，赶紧问：“何灿呢？”

叶含铮说："他一直没出来吗？"

李叔说："没有啊，怎么？不见了？"

"嗯，"叶含铮说，"我再回去找一找，李叔您在这里等着，如果何灿回来了，给我打电话。"

第五章

感谢你是我的伙伴

剧场十一点关门，还有一个多小时可以找，叶含铮没有盲目行动，而是询问安保人员，希望他们可以帮忙进行广播。丢了一个人可不能马虎，安保赶紧通知广播台找人。又是半个小时过去，依旧没有找到何灿，监控显示他早就顺着人流从卫生间出来了，像是故意避开叶含铮，没去找他。

“为什么看不到他去哪儿了？”

叶含铮站在监控器旁边问，负责人说：“北放映厅的摄像头坏掉了，还没有来得及修，不过那边也是出口，我猜他肯定是出去了，你还是赶紧联系一下家里人，没准儿他已经回去了。”

叶含铮始终跟李叔保持联系，手机都快打没电了，得知北门没有，还想继续找一找，但负责人明显有点儿不耐烦：“该找的地方都找了，北放映厅正在装修，到处破破烂烂的还没有灯，他一个小孩子肯定不敢去，况且我已经让保洁的人看过了，确实没有，我建议你报警，或者回家看看。”

叶含铮走出监控室，还是有些不放心，拿出手机让李叔报警，趁着安保人员不注意，偷偷跑去了北放映厅。何灿是来陆家做客的，如果真的丢了，麻烦就大了。

手机还有 2% 的电量，叶含铮想留着打电话用，但北放映厅确实有些杂乱，不开灯的话，很容易摔倒。他开了一会儿手电筒，突然接到一通来电，还没看清是谁，屏幕就灭了。

糟糕……

叶含铮把手机放在兜里，适应了一会儿周围的环境，继续往前走，边走边喊："何灿？

"何灿，你在这里吗？"

黑漆漆的剧场里面有些吓人，叶含铮放低声音，顺着台阶往观众席走，不知道过了多久，从第一排找到最后一排，都没有看到何灿的踪影。叶含铮无奈地叹了口气，准备去隔壁再找一找，如果确实没有，就只能交给警察了。

正准备下去，突然听到外面传来一阵急促的脚步声，走得磕磕绊绊，每走两三步都会被地上的障碍物绊倒，再爬起来继续跑："叶含铮！"

"快给我出来！人呢！叶含铮！"

明……明霄？！明霄怎么来了？

"我……我在这里！"叶含铮急忙回应，从狭窄的椅子中间往外跑。这么暗的地方，他尚且看不清楚，陆明霄更看不见，连着两声闷响，不知道陆明霄又摔到了哪里，叶含铮急忙说："明霄你别动，我……我去找你！"

他跑得很快，隐约听见陆明霄让他慢点儿，他很少违背陆明霄的意思，这次却没有停下脚步，只想快点儿过去，看看陆明霄是不是受伤了。

"我说了让你慢点儿！"

叶含铮一路冲到门口，看见陆明霄正扶着墙一点点地往前挪，嘴里还骂着："什么垃圾剧院，连盏灯都没有。"

叶含铮眼眶发热，赶紧过去扶他，急切地问："明霄，你没事吧？"

陆明霄摸索着攥住他的手腕，松了口气："没事才怪，能被你吓死。"

"对不起，我是来找……"

"找谁？"陆明霄明显气得不轻，"你是傻瓜吗？这么大的剧院光凭你自己能找到什么？安保和警察都是吃干饭的吗？你这么厉害怎么不去当搜救犬啊？"

"哦……"他吼得中气十足，估计没什么事。

"哦什么哦？！"

叶含铮立刻承认错误："我知道错了，不该一个人乱找。"又扶着陆明霄往外走，问道，"警察来了吗？"

"废话。"

"那为什么只有你一个人进来了？"

陆明霄一怔，冷着脸说："我怎么知道？"

他是真的不知道，自从在李叔那儿得知事情的前因后果，发现叶含铮还留在剧院里时，他瞬间就冲了进来，那一刻好像什么都没想，就是怕叶含铮也跟着走丢，再也找不到了。

两人从剧院里出来的时候，何灿已经找到了，他没想到自己惹出这么大的麻烦，连警察都惊动了，哭着说："我就是想自己待一会儿，没想让你们找我。"

陆明霄懒得理他，拽着叶含铮上车，傅叔急匆匆地走过来问："明霄受伤了？"

在光亮的地方叶含铮就检查过了："手臂破了一点儿皮。"说着拿出车上的药箱，仔细地帮陆明霄清理伤口。

第二天叶含铮下楼，看到何灿正提着行李箱站在门口，主动对他说了声："早上好！"

叶含铮问："您是要走了吗？"

"嗯，"何灿还是有些委屈，"反正我在这里也不受欢迎。"

"不是……"

何灿打断他："不过还是要谢谢你，谢谢你昨天陪我看童话剧，我当时真的只是想自己待会儿，没告诉你，还让你找了那么久，是我不对，对不起！"

"没关系，"叶含铮说，"我可以理解您的心情。"

何灿说："但我还是很羡慕你。我觉得明霄哥哥对你不一样。"

叶含铮怔了怔。

何灿说："他跑进去的时候我都看见了，傅叔和李叔两个人都拦不住，都告诉他里面没有灯，要帮他去找手电筒，但他连一秒钟都等不了。"

"我觉得他根本没把你当小跟班。"但具体当成什么，何灿又讲不明白，跟叶含铮说了"再见"，转身走了。

叶含铮站在原地许久，摸出兜里的小恶龙挂件，弯了弯眼角：不是小跟班，又会是什么呢？

他回到房间，发现陆明霄还在为昨天的事情生气，不仅不理他，还翻了个身背对着他。

"叶含铮，你真是不听话！"陆明霄猛地睁开眼，发现一只跺脚小恶龙在眼前晃来晃去，暴跳如雷地说，"谁让你不打报告就跑出去的！"

一只皱眉小恶龙也跟着跳出来："不打报告也就算了！你竟然还一个人跑到黑漆漆的放映厅里？"

跺脚小恶龙赶紧附和：“对！你以为你是搜救犬吗？”

皱眉小恶龙说：“我看你像个傻瓜！”

“对对对，傻瓜傻瓜！”

陆明霄一把捞过挂件，坐了起来。

叶含铮跪坐在床上，抿着嘴笑，说：“我学得像不像？”

陆明霄没说话，摊开手心问：“这是什么东西？”

叶含铮说：“是昨天童话剧的主角，我觉得很可爱，买回来两个，想要送给你。”

陆明霄臭着脸扔到一边：“有什么用？”

“可以挂在手机上呀，”叶含铮从床头拿过陆明霄的手机，绑在上面，“像这样！”

陆明霄嫌弃地瞥了一眼：“丑死了。”

“不丑呀，”叶含铮看着他和挂件如出一辙的表情，笑着说，“我觉得很可爱。”

皱眉小恶龙在陆明霄的手机上挂了三年多，互相拉扯，彼此嫌弃，每次电话响起来，胖嘟嘟的小东西就在陆明霄的耳边晃来晃去，引人注目。

“为什么晚点儿回家？”陆明霄从座位上站起来，路过高二（1）班门口，往里面瞥了一眼，空无一人。

迎面走过来几个女同学，看见他止住脚步，开始窃窃私语。陆明霄皱着眉挂断电话，把手机塞进兜里。他这几年又长高了很多，将近1.85米，肩宽腿长，鼻梁高挺，线条分明的脸上，镶着一双深不见底的黑眸，表情常年阴森森的，此时看起来更加不高兴。

傅叔在校门外等他，看他出来便为他打开车门，说：“含铮说今天要留校开会，估计会晚点儿回去。”

“嗯，”陆明霄靠在椅背上，闭着眼说，“知道了。”

学生会办公室正在举行圆桌会议，徐笙变成了大姑娘，扎着根马尾辫：“就剩下咱们班的节目没定了。”

小四眼换了一副新眼镜，翻着元旦晚会的节目单说：“说唱朗诵类的太多了，一点儿都不新颖。”

乔可噘着嘴唇，上面放了支圆珠笔，坚持不到一分钟，“吧嗒”掉在桌子上：“要我说就舞台剧吧，还有半个多月呢，随便演演，排练一下就能出彩，叶含铮你说呢？”

升入高中，他们几个还在一个班，也都当选了学生会干部，徐笙做了会长。叶含铮因为不能经常性地参加会议，做不了学生会干部，就成了组织部的一员，但这次元旦晚会跟他们班有关，徐笙拉着几个人一起讨论。

“舞台剧演什么？”叶含铮说，“名著还是童话？”

小四眼说：“名著吧，可以找几部有深度有代表性的！”

乔可说：“我选童话，元旦晚会本来就是大家放松的时候，你偏偏要搞一些枯燥沉重的东西，学习还没学够啊。”

小四眼说：“可名著之所以成为名著就是因为它具有深刻的意义，怎么能说枯燥沉重呢？”

乔可说：“那童话故事还有世界闻名的呢，不也一样有意义吗？而且还是启蒙教育呢，说得好像名著比童话高贵一样。”

“我也没说名著就比童话故事高贵啊，你今天是吃枪药了呀？”

乔可说：“我才没吃枪药，我就事论事。”

“好好好打住！”徐笙抬手制止，“我觉得乔可说得没错，童话看起来比较轻松，刚好可以让高三的学长学姐们放松放松。”又问叶含铮：“你觉得演哪部比较好？”

叶含铮说：“我很少看童话故事，唯一一场童话剧还是几年前看的。”他看了眼时间想要早点儿回去，但徐笙说：“那先选一个吧，今天定了，明天就得找演员出剧本。”

晚上十点，叶含铮才骑着自行车回到家里，方姨给他留了点儿饭菜，招呼他到厨房吃完了再上去。

“明霄睡了吗？”叶含铮身上带着一股寒气，摘下毛茸茸的手套问。

方姨说：“已经睡了，明霄这两天睡得早，听说是陆先生比较忙，没时间管他，趁机偷懒呢。”

叶含铮笑了笑，吃过饭又去了楼下的卫生间洗漱干净，才回到卧室。

卧室的灯亮着，地毯上扔着一本书，应该是陆明霄看着看着睡着了，掉在了地上，叶含铮捡起来放好，轻手轻脚地躺在陆明霄身边。

“几点了？”

陆明霄没睡熟，叶含铮小声说：“快十一点了。”

陆明霄皱眉：“为什么这么晚？”

叶含铮说：“帮忙选节目。”

陆明霄问：“你演什么？”

叶含铮说：“应该是旁白或者工具人。”

半晌，陆明霄没回应，看样子又睡着了，叶含铮偷偷地戳了戳他浓密的睫毛，伸手把灯光调暗，也跟着闭上了眼睛。

接下来两天叶含铮都在为舞台剧选角的事情奔走。楚昕昕是编剧，为了营造出喜剧效果，特意搞了一出“性转版”《灰姑娘》，却忽略了这部剧80%都是女性角色，什么继母、继姐、魔法仙女，都要男生出演，好不容易找到几个愿意配合的，发现还有两个空缺，女主和继母。

徐笙把目光落在叶含铮身上，扬起嘴角说：“女主不如交给你吧。”

“我？”叶含铮说，“我不会演戏啊。”

徐笙说：“班上哪个人会啊，又不需要你演多好，你往那儿一站就能给我吸引一大片掌声！”

叶含铮这几年越长越好了，很多时候连徐笙都自愧不如，好端端的一个男生用“漂亮”形容，也不知道是褒是贬。

“可是……”

“哎呀，别可是了，”徐笙又拽来乔可，敲定了最终的演员表：“你演恶毒的继母，周一开始排练。”

临近放学，徐笙又带着叶含铮去了一趟礼堂后台，找到一间更衣室，里面放着各式各样的服装，都是往年活动的时候校方出资购买的。徐笙挑了两件递给叶含铮：“你拿回去洗一洗再穿吧，在这里放了好久了，好像还有破的地方，再随便缝缝。”

华丽的洋装非常占地方，叶含铮找了一个巨大的袋子，才勉强挂在车上带回了家。

趁着第二天是周末，叶含铮把裙子清洗干净，又找出针线，坐在楼梯口缝破洞，也不知道更衣室是不是有老鼠，好好的一件衣服上面破了四五个洞，所幸裙摆够大，缝上之后基本看不出来。

“你干什么呢？”陆明霄从书房出来，走下楼梯问道。

叶含铮说："缝衣服。"

"什么衣服？"

"是舞台剧需要的演出服。"

陆明霄问："为什么要你缝，你是你们班的保姆吗？"

"不是的，"叶含铮抖了抖裙子站起来说，"因为我要出演一个角色，需要穿这种衣服。"

"你穿？"陆明霄上下打量着裙子，挑着眉问，"试过吗？"

"还没有，才洗干净，"叶含铮说，"不过应该可以穿，等我拿回学校再……"

"现在试。"

"啊？"

陆明霄说："现在、立刻、马上。"

虽然当着陆明霄的面有些不好意思，但叶含铮还是听话地把裙子换上了，蓝白相间的洋装看起来十分华贵，裙摆层层叠叠，像是点缀在天空中的白色云朵，系好背后的蝴蝶结，又拽了拽宽大的领口，由于穿得过于匆忙，一时间也没查清楚应该把领子拉到肩膀两侧，还是应该挂在肩膀上面。

想问问陆明霄，但陆明霄冷漠地靠在门边，似乎并不想理他，叶含铮只能拿出手机搜了搜，他的手机上也挂着一只小恶龙，晃来晃去的。

啊，有了。

要拉到肩膀两侧，这样可以露出锁骨。

叶含铮对着镜子整理了半天，终于穿好了，回过头问陆明霄："是……是不是有点儿奇怪？"

陆明霄没做任何评价，盯着他突出的锁骨看了两分钟，脸色越来越黑。

果然很难看，叶含铮心里说。

陆明霄拧着眉问：“你演什么角色？”

“灰姑娘。”

“灰姑娘为什么穿成这样？”

“这件应该是参加舞会时需要的，还有一件没这么好看的。”叶含铮把裙子脱下来问，“你没看过这部童话故事吗？”

“谁会看那种幼稚的东西？”

“我呀，我昨天才看完的。”

“所以说你幼稚。”陆明霄板着脸出门，给叶含铮留下一抹冷酷的背影。叶含铮冲他调皮地吐了吐舌头，整理好裙子，跑去厨房帮忙。

他这几年的厨艺精进不少，普通的家常菜都可以做得七七八八。方姨正在炖汤，看见他在清洗蒸箱，小声问：“明霄又发脾气了？”

“您看见了呀？”

方姨说：“还用看哦，那摔门的动静都快传到火车站咯。”

A 市火车站距离陆家 30 多千米，方姨掩着嘴夸张地说：“也就是家里的门质量好，不然早就摔坏了。”

“哈哈。”叶含铮跟着偷笑，拿出两个鸡蛋，准备做一碗蛋羹。

开饭的时候陆明霄果然没有下楼，陆老爷子和夫人又去旅游了，餐桌上的饭菜摆了半个小时都没人吃，只好原封不动地撤了下去。

叶含铮把蛋羹端出来，盛了一碗汤，敲了敲书房的门。门虚掩着，可以听到里面传来抽屉推拉的声音，陆明霄似乎往里面扔了一件东西，又慌忙地翻开一本新书，才说了声：“进来。”

书房没什么不同，只是其中一个书架被翻得有点儿乱。叶含铮把蛋羹放在桌上，刚打算过去收拾，就被陆明霄赶了出来。

他站在门口眨了眨眼，觉得今天的陆明霄有些奇怪，正纠结要不要趴门缝看看情况，陆明霄突然露出一颗脑袋，凶巴巴地说："走开。"

"哦。"叶含铮一步三回头地下楼，直到没影了，陆明霄才谨慎地把门关上，不仅关上，还锁上了，又使劲儿拽了两下确定推不开，才放心地回到书桌前，打开抽屉，拿出了一本书。

这本书是陆明霄很小的时候程书蕴买回来的，上面写着"世界经典童话《灰姑娘》"。

竟然真的有舞会？那岂不是要露着肩膀，跟男主角搂搂抱抱地跳舞？

陆明霄又耐心地看了两页，气得把书扔了。

周一午休，徐笙把叶含铮叫到办公室，本以为要提前排练，但除了乔可他们几个，还有一个宣传部的男生叫周牧，平时挺阳光的一个孩子，此时看起来有点儿拘谨。徐笙对他说："我们班的负责人都到齐了，有什么话直说吧。"

周牧是（3）班的，他们大多数都是从初中直升，班次没有太大变动。"是这样的，"周牧说，"我想跟你们商量一下，这次晚会能不能两个班合作，一起出个节目。"

"为什么一起出？"乔可说，"你们班不是报过诗歌朗诵了吗？"

"是报过了，但是……"周牧结结巴巴地说，"我……我们班……班主任觉得诗歌朗诵太单调了，想要换一个有新意的。"

乔可说："那就换啊，为什么要跟我们合作？"

周牧说："因为咱们两个班的想法不谋而合。"

"嗯？"

"你们不是今天上午刚刚报了舞台剧吗？其实，周五晚上我们也想要改成舞台剧。"周牧手里攥着一张字条，时不时瞥上两眼，接着说，"撞方案倒是没什么，但如果是两场舞台剧的话，肯定会造成晚会延时，还会给观众造成审美疲劳，所以我想了一下，可以跟你们班合作，这样不仅可以拉长单场舞台剧的表演时间，还可以保证晚会不被延时。"

小四眼有点迷茫："什么意思？"

由于元旦晚会时间有限，每个节目的时长都尽量控制在 10 分钟左右，最多不能超过 15 分钟。楚昕昕拿着剧本说："这个办法好！两个班加起来时长最起码有 30 分钟！本来我还担心咱们这个剧十几分钟演不完，（3）班要是能一起合作，那就太棒了！"

徐笙说："确实可以，但是我们这边除了王子的演员，其他角色都定了啊。"

周牧激动地说："王子可以！"

"那你们班有女生愿意演吗？"

"男……男生可以吗？"

"我们这是'性转剧'啊。"

周牧说："拜托了，就王子不要转，行吗？"

乔可八卦地问："难道你们有人选了？"

周牧说："是有一个人选。"

乔可问："谁呀？"

"陆明霄。"

“陆明霄？！”周牧说完，所有人都惊呆了，包括叶含铮，他有点儿期待地问：“陆明霄会演吗？”

周牧说：“会。”

“他怎么可能参加这种活动？”徐笙条件反射地掏出小镜子照了照，“你不会是骗我们的吧？”

周牧把字条塞进兜里，回想了一番上午的遭遇，他被陆明霄单独叫到天台，吓得腿脚发颤，还以为自己哪里惹到他了，却没想到被委以重任。刚好诗歌朗诵这个节目老师确实不满意，陆明霄能想到这个办法，确实帮了大忙，而且还帮他准备好了说辞，让人根本没有拒绝的理由。

此时此刻，周牧真诚地说：“是真的，班主任对他一直不积极参与班级活动的行为非常不满，所以这次强迫他必须参加，他也是……万不得已。

“真的是，非常可怜。”

由于事发突然，原定放学之后的排练挪到了明天，楚昕昕要连夜修改剧本，把多出来的时间全部用上。

叶含铮一刻没耽误地赶回家，刚好陆明霄也回来不久，正坐在沙发上面看电视。“明霄！”叶含铮兴冲冲地跑到他身边喊了一声。

陆明霄抬眼问：“怎么了？”

叶含铮说：“你真的要参加我们班的舞台剧表演吗？”

陆明霄神情淡然地点了点头。

“真的吗？”叶含铮再次确认，生怕是在学校出现了幻听。

“嗯，”陆明霄站起来，眉眼间似乎还带着一丝不得已，瞥了叶含铮一眼，“你看起来好像很高兴？”

“嗯！”

“为什么？”

叶含铮眼睛弯弯的：“因为能和你一起演出，所以特别开心！”他脸上的笑容怎么掩都掩盖不住。

吃过晚饭，傅叔把新买来的茶叶放在茶罐里，听到叶含铮一边擦桌子一边哼着歌，哼的还是一首陆老爷子常在家里放的古董歌，老掉牙的那种，没一句在调上的，无奈地笑着问：“含铮很喜欢表演吗？”

叶含铮说：“不是呀，我不会表演。”

“那这么高兴，只是单纯地因为明霄？”

“嗯！”他每句话的音调都在欢快地往上扬，最开始知道要表演节目的时候，只是把它当成一个普通的任务看待，但得知陆明霄要加入之后，瞬间就变得不一样了，就好像那个任务背后放着一个神秘的盒子，打开之后会绽出五颜六色的烟花，甚至还藏着一个巨大的惊喜。

叶含铮高兴得睡不着觉，躺在床上每过几分钟就要睁开眼看看时间。

“半夜不睡觉干什么呢？”

叶含铮又看了一眼时间，还没躺好就被陆明霄发现了，小声地问：“还没睡啊？”

陆明霄皱着眉坐起来：“你睡觉挤到我了，谁能睡着？”

叶含铮赶紧道歉，也跟着坐起来，他已经尽量放轻动作了，但还是把陆明霄吵醒了。

“问你呢，”陆明霄说，“为什么不睡觉？”

叶含铮扣了扣手指，又捂着嘴忍不住笑起来：“我想快点儿天亮。”

陆明霄打了个哈欠："然后呢？"

"然后快点儿去上课。"

"再然后呢？"

"再然后快点儿下课快点儿放学，这样就可以快点儿和你一起排练了！"他那双好看的眼睛里面闪着迫切的光，甚至连自己都没察觉出来。

陆明霄看了他一会儿，掀开被子下床。叶含铮急忙把灯调亮，问道："你要去哪儿？"

陆明霄没出声，走到床的另一边，对他伸出一只手，叶含铮傻傻地把手递过去，搭在他的手心上问："怎么了？"

"不是要排练吗？"陆明霄把人拉下来，一起光着脚站在软绵绵的地毯上。

"排练？"叶含铮看到他睡衣的最后一颗扣子松了，习惯性地帮他扣好，才说，"可是剧本楚昕昕还没有写出来呀。"

"这种东西需要什么剧本？"陆明霄说，"重要的场景只有那么几幕，参加舞会、丢鞋和找人，剧本再怎么改这几个场景都不会变。"他抬手扣住叶含铮的腰，严肃地说，"身体打直，往后仰。"

"哦好……好的……"叶含铮按他说的往后仰了一些，疑惑地问，"你看过那本书了吗？"

"当然，既然答应了参加节目，总要了解一下吧。手，"陆明霄面不改色地抬抬下巴，"搭在我肩上。"

叶含铮激动地说："要跳舞吗？"

"不然呢？大半夜摆出这种动作是为了罚站吗？"

叶含铮"噗"地笑出声，跟着陆明霄一点儿一点儿地学起来。他从没跳过舞，连看都没怎么看过，只是没想到睡觉打滚儿那么利落，跳起舞来四肢却不太协调，学起来磕磕绊绊，半个小时连一个八拍都没学会，还踩了陆明霄好几次。“你也太笨了吧？”陆明霄嫌弃地说。

“对不起，我不是故意的……”

“你如果是故意的早就被我扔出去了，重来，我进左，你退右。”

“哦哦……”叶含铮手忙脚乱，“退右、右……”

“右啊，你那是左！”他吼了一声，叶含铮就更紧张了，有点儿迷茫地问：“哪……哪个是右啊……”

陆明霄跟他对视了两秒钟，没绷住，竟然笑了出来，戳着他的额头说：“你这些年考试拿的100分都是抄的吧？”

叶含铮也觉得自己蠢透了，刚准备冷静下来分分左右，突然感觉身体一轻，陆明霄竟然把他抱离地面，让他的双脚落在了自己的脚背上。

“明……明霄？”叶含铮震惊不已，急忙想从他的脚背上挪开，陆明霄却不耐烦地说：“站好。”他重新扣住叶含铮的腰，一步一步地从头开始。叶含铮安静地记着动作，目光落在陆明霄挺直的鼻梁上，又挪到他深沉的眼眸里。

“明霄，”半晌，叶含铮才开口问，“你是什么时候学的跳舞啊？”

陆明霄说：“前年暑假。这种交际舞很普遍，看一看就会了，到这一步记得转圈。”

这个八拍的动作幅度稍微有点儿大，陆明霄为了防止叶含铮从他脚上掉下去，一只手扶着他的腰，另一只手护住了他的背。

“记住了吗？”

元旦晚会那天，陆明霄态度强硬地要求叶含铮换了一条不露肩的裙子，捂得严严实实，甚至还找了一件披肩，双重掩护。叶含铮笑眯眯地任由他帮忙搭配，给什么穿什么，来者不拒。直到登台的那一刻，热烈的掌声才把这些日子躁动不安的担忧压了下去。

礼堂最后一排站着几个人，嘴里叼着烟，徐笙带着纪律委员走过去说："同学，麻烦把烟掐一下。"

带头的是劫过乔可的冯晟，早就辍学了，现在没什么事就会来学校里晃悠，带着一群始终跟着他混的兄弟到处找碴儿。

其中包括梁绍宇，他还要在学校里上课，默默地把烟掐了。

徐笙记录下几个人的名字，发现一个戴鸭舌帽的有些面生，问他："你是哪个班的？"

梁绍宇说："他是我朋友，不是咱们学校的。"

徐笙说："你带进来的？"

梁绍宇说："是。"

"那他抽的烟记你的过。"

"别啊姐姐，"鸭舌帽吐了口烟圈，喷在徐笙脸上，笑着说，"难得来一次，给点儿面子吧。"

徐笙直接呛了一口，被纪委的男同学拉到身后："同学，请你放尊重一点儿，不是本校的请立刻离开，不然我把保安叫来，就不是直接让你们离开那么简单了。"这话也针对冯晟。

梁绍宇说："晟哥，看也看了，咱们走吧。"

冯晟说"行"，插着兜带着一群小弟出去了。他就是来看个热闹的，有人却想见见老朋友，鸭舌帽站着没动，梁绍宇拽了他一下。

“你觉得姓叶的那小跟班演得怎么样？”鸭舌帽突然开口。

梁绍宇看着舞台上正在谢幕的一群人说：“还行吧。”

鸭舌帽嘲讽地笑出声：“能不行吗？他妈可是个三流小演员，他的演技肯定没问题，只是不知道私生活是不是跟他妈一样不检点。”

元旦晚会完美落幕，陆明霄和叶含铮因为舞台剧的表演成了全校焦点。陆明霄就不用说了，不上台也全都认识，但他上了台才让人大跌眼镜，叶含铮倒成了一大惊喜，散场以后还有不少人讨论，其中一个女生抓住了重点：“他的皮肤也太白了吧？我当时真的好想跳上去问问他用的什么护肤品！”

“对啊对啊！还有睫毛，也太长了吧，确定不是假的吗？”

“应该不是，”一个戴眼镜的姑娘说，“他皮肤白是天生的，小学的时候就很白。”

“小学？他是你小学同学吗？”

“不是一个班的，不过很奇怪，他们班的好像没几个在咱们学校上学。”

“他家挺穷的吧？”同年级的男生凑过来说。

戴眼镜的姑娘一愣：“你听谁说的？”

“我也忘了，只知道他从小就给有钱人家当保姆。”

“哈哈，别乱说好不好，还从小？现在都什么年代了，哪能雇用童工啊？”

“对啊，况且叶同学长得那么好，穿得也不错，家庭条件肯定很优秀，怎么可能当保姆。”

男生也觉得自己的话很荒谬：“我就听人家那么一说。”

“不可能不可能，当保姆怎么还来上学啊，如果真的从小就伺候人那也太丢脸了吧。”

他们一边说着一边往校门口走去。乔可换好衣服，冲到礼堂大门口拍了叶含铮肩膀一下。“久等啦！‘后妈’这就带你回家！”他还没出戏，依旧沉浸在继母角色当中，“我真的太有表演天分了！早怎么没发现呢？不如回头填志愿的时候填个电影学院吧。你演得也挺好，最让我惊喜的是陆明霄，没想到他那么入戏！我欺负你的时候，看他站在后台那模样，真的像是要冲出来揍我一顿，不过真正的表演者就应该这样全情投入！就是气场太足了，知道的以为他演的是王子，不知道的还以为他演的是国王！”

乔可叽叽喳喳说了一路，叶含铮都没怎么出声，到了公交站才停下脚步问他：“你觉得做保姆，是一件丢脸的事情吗？”

“保姆？什么保姆？”

“就是服侍别人，照顾别人。”

“保姆啊，”乔可说，“这不是很正常的事情吗？”

“那如果从小就开始做保姆呢？”

“从小？哪有人从小就当保姆的，肯定是长大了以后为了生活啊。”

叶含铮认真地问：“我是说如果，如果有人从很小的时候就开始做保姆，你会笑话他吗？”

乔可说：“当然不会，都多大人了，我爸说不要嘲笑任何人，无论他做什么肯定都有他的理由或者苦衷。虽然我以前不懂事的时候，也经常嘲笑别人，但那都是小时候，小时候没脑子，肯定会觉得伺候人是丢人的事情。”

有什么了不起的，不就是陆明霄的小跟班嘛。

什么跟班啊，我听说是保姆，这么小就当保姆，真没出息。

哈哈，小保姆，没出息没出息！

原来是这样……叶含铮突然回想起，来到A市刚入学的那一天，他被一群小孩子围在中间，听着他们七嘴八舌地说自己是陆明霄的小跟班，其实他没放在心上，但从那以后陆明霄就和他分开走，装作不认识。

现在才猛地意识到，他才不是因为害羞，而是怕别人嘲笑自己，所以这么多年，才故意保持距离。

当天晚上，陆明霄在书房看书，叶含铮端了一碗汤走了进去，放在桌上后没像往常一样离开，而是轻声问："明霄，我可以坐在这里写作业吗？"

陆明霄说："可以。"让他搬了一把椅子坐在对面。

其实并没有多少作业，叶含铮花了几分钟就写完了，剩余的时间一直盯着陆明霄看，看着看着，就不自觉地喊了声："明霄。"

"嗯？"

叶含铮没说话，过了半晌，又喊了声："明霄。"

陆明霄问："怎么了？"

叶含铮依旧没有答复，却又喊了："明霄。"

"啧，"陆明霄合上书，不耐烦地看他一眼，"有事吗？"

叶含铮笑吟吟地说："没事呀。"

"没事乱叫什么？"陆明霄又拿起了书，刚准备翻页，突然听他说："因为喜欢。

"喜欢这个称呼，感谢你是我的伙伴。"

第六章 信

叶含铮活了将近17年，第一次说出这么任性的话，陆明霄怔了许久，勾起嘴角笑了笑，说了声："笨蛋。"

元旦结束以后，不久便迎来了寒假，陆明霄像往年一样，坐飞机到陆先生那里。叶含铮给王婶和陈叔打了电话，问了问老两口的身体状况，这些年他们始终保持联系，偶尔也会视频聊天，叔和婶有点儿老了，叶含铮想着，等以后有机会，一定要回Q县看看他们，还可以和明霄一起去，如果他愿意的话。

陆家的人走了，陆家的保姆也稍稍放松下来，方姨要回家过春节，一早收拾好行李，和另外几个也要回家的保姆一起风风火火地赶去火车站，最后只剩下叶含铮和傅叔。他们身姿相同地站在大门口，等人都走远了，才回到客厅。

"你今年也不回Q县？"傅叔问叶含铮。

"嗯。"

傅叔说："其实可以回去看看，不要觉得麻烦到家里。"

叶含铮摇摇头："等我成年后正式签了员工合同，有正式的假期以后，再回去。"他现在虽然照顾着陆明霄，但实际上陆家也养着他，回报远比付出多得多，叶含铮明白这个道理。

傅叔脱下西装外套，带着叶含铮来到后院，笑着问："连签合同的事情都想好了？”

“嗯。”

傅叔问：“准备签几年？”

叶含铮问：“最长是几年？”

傅叔说：“20 年。”

叶含铮想也没想：“那就签 20 年，如果做得好，还可以续签吧？像您和方姨那样。”

傅叔被他认真的模样逗笑了，带着他一起包饺子。

“可以，但 20 年可是很长的。”傅叔的鬓角冒出了白发，他今年 48 岁，在陆家也将近 30 年了。

两个人的晚饭没那么讲究，做得也早，下午五点多就吃完了。正刷着碗，窗外突然下起雪来，叶含铮急忙拍了张照片，想发给陆明霄，换算了一下时差，他那边应该是凌晨，刚好在睡觉。

算了，等他醒来再发也不晚，不要吵到他了。

正想多拍几张，手机突然响了，叶含铮看清来电显示，惊喜地接起来：“明霄？”以前的寒暑假他们都不会联系，陆明霄很忙，忙着跟陆先生到处走。

这次打电话过来，估计是有急事，果然，陆明霄说：“你帮我找一本书。”

叶含铮忙擦干净手说：“什么书？”

陆明霄停顿几秒，似乎想了一下：“《托斯克的春天》。”

“嗯？”叶含铮每天整理书架，疑惑地问，“有这本书吗？”

陆明霄的语气变得有些不自然，硬邦邦地说：“我说有就有。”

“那我去找找，”他举着电话匆匆跑到书房，中途没有挂断，能听到陆明霄掀开被子下床的声音，他似乎给自己倒了一杯水，找了个地方坐下来，“你那边天亮了吗？”

陆明霄说：“没有。”

“那你今天起得好早啊。”

陆明霄喝了口水说：“我每天都起得很早。”

才怪，叶含铮心里吐槽，闹钟不响到最后一秒，明霄绝对不会起来。

二楼书房有七八个并排陈列的书架，上面满满当当地摆着各种书，还有很多书是用叶含铮不认识的语言写的：“你知道那本书在哪个类别里面吗？”

陆明霄说：“知道就不用你找了。”

叶含铮搬来一把椅子，仰着头一本一本地看：“是那本灰色封面的吗？”

“哪本灰色？”陆明霄说，“有很多本灰色的封面。”

“哦……”

陆明霄问：“上面写着什么？”

“我不太认识，这个书架上傅叔没有写标签。”

“啧。”陆明霄有点儿嫌弃。

叶含铮说：“不然我把傅叔叫来吧，让他帮忙找一找。”

“不用麻烦他，”陆明霄说，“你那边天都黑了，他该睡了。”

“可是才六点多……傅叔应该还没……”

“把视频打开，”陆明霄冷酷地说，“我看一下名字。”

啊，对了！还可以视频聊天。叶含铮挂断电话，又以视频的形式重新拨了回去，第一眼看见陆明霄坐在单人沙发上，穿着睡衣，头发还有点儿翘起，他笑着打了声招呼，把摄像头转向书架，陆明霄只瞥了一眼，就说没有，让他从椅子上下来。

“不要站那么高，不在上面。”

“好。”叶含铮听话地跳下来，又换了一个书架，连续找了十几本，都不是陆明霄想要的。

“算了，”陆明霄说，“不找了。”

叶含铮把摄像头转过来，对着自己：“那你再去睡一会儿，等我找到了给你打电话。”

陆明霄没出声，也没说要挂断，就这么一直开着视频，看着叶含铮，直到他那边有人敲门，才别别扭扭地问：“你有什么要对我说的吗？”

“有！”叶含铮想起一件事，打开书房的窗户，又把摄像头转到外面，没发现陆明霄立刻耷拉下来的脸，高兴地跟他分享，“刚刚下雪了，雪花很大。”

不到半个小时，地面已经落白了，院子里的灯没有关，昏黄的灯光下可以清楚地看见从夜空中飘下来的雪花，一簇一簇地落在地上，沙沙作响。

“明霄？”“咚咚”的敲门声再次从陆明霄那边传来，他看着屏幕没有动，问道：“除了这个呢，还有什么要对我说的？”

叶含铮怔了怔，陆明霄才走一周，可他觉得时间过得异常缓慢，小声问：“你这次……什么时候回来呀？”

“开学前。”

“哦。”那还是老样子。

“怎么了？”陆明霄站起来准备开门，听到叶含铮说：“没什么，就是有点儿……想你了。”

话音刚落，只听“咣当”一声，陆明霄的手机掉在了地上，叶含铮眨眨眼问：“明霄？怎么了？”

陆明霄板着脸把手机捡起来，说了声“没事”，果断挂了视频，他刚刚心跳漏了半拍，手上一滑，走神了。

此时打开房门，外面站着一个高大英俊的男人，将近50岁，身体挺直，没有半点老态，一双眼睛如鹰隼般锐利，低沉地问：“在做什么？”

陆明霄恹恹地瞥了他一眼，把手机塞进兜里，说：“睡觉。”

他们两个很像，无论长相、气质，还是眼神。

雪下了两个小时才渐渐停下来，傅叔看书房的灯亮着，走进来问叶含铮：“在找什么？”

叶含铮正在翻阅记录了陆家所有书籍的目录，但找了半天，根本没有陆明霄说的那本，只好问傅叔：“您知道《托斯克的春天》这本书在哪儿吗？”

“有这本书吗？”傅叔疑惑地问。

“明霄说有，只是不知道放在哪里了。”

傅叔接过目录翻了翻，这里每一本书他都做了记录，唯独不记得有这个名字。他陪着叶含铮找了一会儿，最后拿出手机搜了搜，发现不只书房没有，连网上都查不到，突然问：“明霄给你打电话了？”

叶含铮点点头。

傅叔恍然大悟，笑着说：“先别找了，或许是明霄记错名字了。”

很有可能，叶含铮把所有书归回原处，给陆明霄发一条信息，让他再确认一下书的名字，才回到房间里休息。

那天晚上叶含铮做了一个奇怪又窘迫的梦。

“含铮？”

“来……来了。”

第二天一早，叶含铮站在卫生间里，直到听见傅叔的喊声，才不好意思地走了出去，准备打扫卫生。

今年的大扫除只有他和傅叔两个人，虽然方姨他们走之前已经把各自负责的区域收拾好了，但有些地方还是要重复清理。叶含铮拿着吸尘器去了陆明霄的游戏间，又准备了清水和方巾把储物箱里面的玩具全部拿出来擦了一遍。

下午一点左右，傅叔接了一个电话，说要出去一会儿，叶含铮没问他去做什么，又去擦储物架上的足球，这些是陆明霄最喜欢的，不想它们挤在墙角落灰，所以都摆了出来。叶含铮拿起一个擦干净，又规规矩矩地放了回去，每一个足球陆明霄都保存得很好，甚至连包装的礼盒都还留着。叶含铮把放在架子顶层的盒子拿下来，上面果然又落了一层灰，平时这种地方轮不到他清理，但现在他个子长高了，倒也不算费事。

本以为盒子里都是空的，却发现其中一个里面有东西，叶含铮打开以后愣在原地，竟然看到了失踪已久的叶胖啾？！

原来被藏在了这里，还以为早就被明霄丢了……

叶含铮惊喜地拿起来，这么几年过去，它还像新的一样，只是肚子上面多了一行字，上面写着：“看你还飞不飞。”

这个语气，果然是明霄。

叶含铮笑着盖上盒子，发了会儿呆，他其实从没想过，自己折的小鸟可以住进陆明霄最宝贝的足球盒子，更没想过，陆明霄明明觉得幼稚可笑，却到现在，还带着他送的手机挂件。

“喂，叶含铮？”

“嗯？”

“你傻什么呢？”

远走的思绪被熟悉的声音拉了回来，叶含铮眨了眨眼，猛地看到门外站着一个人，惊讶地说：“明……明霄？你怎么回来了？！”

陆明霄风尘仆仆，满身寒气，裤腿上还沾着一点儿没化的积雪，随口说：“有点儿事情。”

“是什么急事吗？”叶含铮赶紧跑过去，帮他脱了外套，怪不得傅叔突然出门，原来是去接明霄了。明霄这个时间到家，那昨天挂了视频没多久，就去机场了吗？

陆明霄虽然回来得匆忙，但心情看起来不错，弹了他额头一下，说：“还好吧，也不算太急。”

就是想……回来看一看。

陆明霄突然回来，让叶含铮高兴了好一会儿，直到睡觉前，才又想起了那个梦，他倒不是担心别的，就是怕今晚再做让人窘迫的梦。叶含铮在浴室穿上睡衣，拖着僵硬的脚步回到房里。

眼看就到了春节，家里还没仔细布置，如果只有傅叔和叶含铮，那怎么都好说，两人在后院的小餐厅里吃一顿火锅，再一起看看晚会，这个年就算过了。

但如今明霄回来，就不能这么马虎了，傅叔急忙给方姨和其他保姆打了电话，让他们赶紧回来。

叶含铮开始不能理解，毕竟有他们两个在，完全可以照顾明霄，后来才明白过来，如果陆明霄在家里，那陆老爷子和程书蕴也一定会赶回来。

只是没想到，就连他从来没见过的陆先生，也一起回来了。

方姨从家里带了一点儿特产，分给傅助理和其他保姆，开始盘算今晚的年夜饭："得有 20 年没给陆先生做过饭了，都快忘了他的口味了。"嘴上说忘了，还是娴熟地把葱姜蒜收了起来。

叶含铮说："陆先生有这么多年没回来了吗？"

"是啊，也不知道怎么了，突然就不回来了，别说是咱们家里，就连 A 市都没回来过，我听说啊，这是他的……"

"不要议论陆先生的事。"方姨话没说完，傅助理就走了进来。

她赶忙噤声，不再说话了。

叶含铮从没见过傅叔这么严肃的样子，也跟着闭上了嘴。傅叔看起来有些疲倦，停顿几秒，轻叹了口气，又对方姨说："如果被他听到，会不高兴。"

"唉，"方姨说，"我知道您是为我好。"

傅叔点点头，又看向叶含铮："夫人给你买了礼物，快出来看看。"

程书蕴许久没在国内过年，高兴得一大早就带着保姆出门购物。她虽然上了年纪，但保养得当，身体又好，完全没有普通老年人的模样，拿着一件红毛衣比画着问陆老爷子："你说明霄会不会喜欢啊？"

陆老爷子靠在沙发上看报纸，掀着眼皮往二楼书房瞥，他儿子和孙子在里面待了快两个小时了，说什么也不带他，真是不孝。

"问你话呢。"程书蕴又翻出一个毛茸茸的小帽子，看见叶含铮过来，忙说："快来孩子，试试这个。"

叶含铮说了声“谢谢”，戴在头上，头围稍微小了点儿，看起来别别扭扭的。程书蕴微微仰头帮他整理了一下，才猛地意识到：“瞧瞧我这脑子，我买的好像是儿童款。”

她比了比叶含铮的身高，有点儿感慨：“含铮已经长大了啊。”

叶含铮微笑着点了点头。

“刚来咱们家的时候，还是个小豆丁呢。”她让叶含铮把帽子摘下来，又送给他一件毛衣，红彤彤的跟陆明霄的那件一样，看着特别喜庆，但这次又买大了，愁得头疼。

“老了就是老了，心态再年轻脑子跟不上，也是白搭。”陆老爷子坐在一旁说风凉话，非常在意地盯着书房，心里还不停地吐槽：真是无法无天，根本不把他这个一家之主放在眼里。

正想着，一声巨大的摔门声从二楼传来，客厅的人同时仰头，看到陆明霄阴沉着脸回到卧室。过了一会儿，陆先生也走了出来，目光沉静地扫过楼下所有人，最后在叶含铮身上停留了几秒，去了三楼。

这种场面司空见惯，陆明霄小的时候对陆先生还有一些敬畏，现在长大了，也会跟他发生争吵。

开饭的时候，陆明霄照旧没有下楼，他任性惯了，每次发脾气都是这样。程书蕴给所有赶回来的保姆发了红包，让她们忙完便回后院看看电视，放放烟花。叶含铮也收到了一个红包，但给了傅叔，傅叔没拒绝，知道这孩子心里想什么，也就收下了。

“您不回去休息吗？”叶含铮把刚煮好的饺子盛出来，准备端到楼上，临走前问了一下傅叔。傅叔看了一眼坐在沙发上的陆先生，对叶含铮说：“你上去吧，我再等一会儿。”

叶含铮应了一声，走了出去。

卧室里的灯光有点儿暗，陆明霄坐在阳台的地毯上，看着窗外，也不知道能不能看清。叶含铮把饺子放在一旁，调亮灯光，又看到床上扔着一件红毛衣，应该是程书蕴拿上来的。

他喊了一声“明霄”，拿着毛衣走了过去。陆明霄淡淡瞥了他一眼，似乎还在生气，叶含铮不知道原因，也没开口问，只想着如何哄陆明霄高兴，别让他气鼓鼓地饿肚子。

上楼时，叶含铮顺带着把那顶儿童帽也拿了过来，程书蕴很有童心，买了一顶企鹅形状的，看起来非常可爱。叶含铮把帽子戴上，又把卷在手腕上的毛衣袖子放下来，蹲在地上。

陆明霄问：“你干什么？”

那件毛衣确实很大，可以把叶含铮整个身体藏起来，他甩着两条袖子“叽叽叽”地叫了两声，陆明霄配合地说：“鸡？”

叶含铮摇头，又甩着袖子左摇右摆地挪了两步，陆明霄挑了挑眉：“鸭子？

“叶胖啾？”

“不是不是，”叶含铮伸出手，指了指帽子，公布答案，“是企鹅！”

“什么企鹅，就是叶胖啾。”陆明霄扬起嘴角，心情好了不少，抬手把叶含铮拉到身边，让他跟自己并排坐着。

窗外有人放起了烟花，叶含铮看了一会儿，说：“明霄，吃饭吗？”

陆明霄说：“不吃。”

“还是吃点儿吧？”

“说了不吃。”

“可是……”

“没有可是。”

叶含铮知道，再说下去他又要不高兴了，于是把毛衣拿起来："那你把衣服穿上好不好？马上就是新的一年啦，王婶跟我说过，新年就要穿上新衣服，这叫辞旧迎……"

"闭嘴。"陆明霄不耐烦地拿过毛衣套在身上，又虎着脸让叶含铮保持安静。他刚刚被陆昊东教训了一顿，怪他没提前通知就匆匆忙忙地跑回来，打乱了很多计划，问他原因，他又闭口不谈，所以僵持了许久。

虽然是他的错，但他不想认错。

过了凌晨，爆竹的声音渐渐小了很多，后院的保姆都去休息了。陆明霄也准备洗漱，刚想站起来，肩膀突然一沉，发现叶含铮竟然靠在他肩上睡着了，今晚除夕，他跟着保姆们忙了一天，确实累了。

陆明霄的目光落在他的鼻梁上，又慢慢地坐回原地，远处的夜空中炸开了一朵烟花。

楼下的灯还亮着，陆昊东坐在灯下喝茶，他太久没有踏入这片土地，房间里所有的陈设都觉得陌生。

"换了沙发？"他开口问站在身后的傅助理。

傅助理毕恭毕敬地说："早些年就换了，是夫人亲自选的。"

陆昊东说："那个孩子叫什么？"

傅助理知道他问谁，答道："叶含铮。"

"明霄这次胡闹，是为了他。"他没有疑问，肯定地说。

"……是，他们之间关系很好。"

"只是关系好？"

傅助理颔首低眉："是。"

陆昊东没再继续问下去，放下茶杯起身上楼。

傅助理目送他离开，又在原地待了很久，久到天快亮了，才去房间洗漱，开始新一天的工作。

陆先生难得回来一次，就这样住了下来，但他很忙，平时不怎么露面，基本都留在书房办公，连带着陆明霄一起。

短暂的寒假匆匆过去，天气也渐渐地暖了起来，趁着太阳不错，叶含铮跑到后院帮着保姆们晒起了被子。相比傅叔和方姨这些在陆家工作年份长的，家里还有一些二十几岁的年轻人，其中一个叶含铮叫她萍姐，再有两个月，就要回老家结婚了。

“我跟他啊，是上学的时候认识的，他当时是我们班的数学课代表，又木讷又不擅长交际，要不是我主动出击，估计到现在还没有结果呢。”

方姨忙完厨房的事，也跟着出来帮忙：“那是你追的他啊？”

萍姐说：“肯定是要有一个人主动出击嘛，要都像他那样憋着不说，光靠眼神交流就能直接谈恋爱接吻怎么着？”

“别胡说，”方姨看了一眼正在抻被角的叶含铮，“还有小朋友在呢。”

萍姐大大咧咧地笑起来：“什么小朋友啊，都快成年了。”等叶含铮忙完，又拽着他问：“告诉姐，有没有喜欢的人？”

叶含铮一直听她们聊天，没想到话题会跑到自己身上。

“哈哈，你们这个年纪啊，没有喜欢的人才奇怪呢！”

方姨也凑过来问：“有吗？告诉姨，是不是班里的班花？”

叶含铮笑着摇摇头，问：“萍姐，你是怎么表白的？”

萍姐又从洗衣篓里面拿出一条被单，叶含铮拽住了被单的一角，帮她抻平了，说：“就趁着放学把他堵在胡同里，直接跟他说我喜欢他，又问他喜欢我不。”

叶含铮想象了一下这个画面，赶紧甩了甩头，他可能不敢这么做，又问：“那他怎么说？”

萍姐骄傲地说：“他敢说不喜欢？我手里还拿着棍子呢。”

叶含铮“咯咯”地笑出声：“那他如果真的拒绝了，该怎么办？”

萍姐冲他挤眉弄眼：“怎么？想要表白？”

叶含铮抿着嘴，偷偷地舔了舔嘴角，笑了一声。

“喜欢就得说出来，”萍姐说，“别怕什么拒绝不拒绝的，她要是心里有人了，那你就换一个，你要实在不想换，那就等着她。”

“那……心里要是没人呢？”

萍姐说：“没有人就更好啦，你可以追她，追得她没地方跑，直到把你装进心里去。”

叶含铮没有萍姐的魄力，也没有想表白的人。

想来想去只好换一种方式，趴在房间里写了一封信给他最珍重的人，里面藏着他对陆明霄一点一滴的感恩，准备等明霄闲下来，正式交给他。

可是这一等，就过了将近半个月。陆先生突然给陆明霄安排了一项工作，让他亲自过去处理，要试试他的能力。

“需要一周吗？”叶含铮一边帮他收拾行李，一边问。

“嗯。”陆明霄坐在沙发上翻阅文件，记录下几个重点。

“那学校呢？”

“请假了。”以后估计更没有时间去学校了，陆明霄丢下手中的笔，问叶含铮，“你想去哪所大学？”

叶含铮没想过上大学，如果他去了学校，就不能在成年后立刻跟陆家签合同了，反问：“你呢？会去国外留学吧？”

陆明霄挑了挑眉：“你想让我去吗？”

叶含铮诚实地摇头，他心里不想，但这几年肯定是无法避免的，幸好还有假期可以回来，偷偷叹了口气，结果还是被陆明霄发现了，站起来走到他跟前，突然说：“选一所大学。”

“嗯？我没打算……”

“让你选就选。”陆明霄蹲下戳了戳他的额头，“这是我交给你的任务。”

虽然不知道为什么，但他还是应了下来，过了一会儿又紧张地开口：“明……明霄是要在国内上大学吗？”他知道不太可能，可陆明霄突然让他选学校，又觉得还有一线生机。

陆明霄保持神秘，拖着行李箱走到门口：“回来告诉你。”

“等等，明霄。”叶含铮急忙跟了上去，拽住了他的袖子。

陆明霄说：“怎么？”

“我也有话要告诉你。”

“什么话？”

叶含铮眨了眨眼，同样神秘兮兮的：“等你回来再说。”

陆明霄不太满意地走了。

高二的学习气氛渐渐紧张起来，乔可闯荡演艺圈的梦想刚有个雏形，就被他爸妈扼杀在了摇篮里，每天苦哈哈地背试题、写卷子，值日的时候把扫把当吉他弹着，鬼哭狼嚎发泄怨气。小四眼干完活儿立刻回家，出门刚好碰到要去卫生间洗抹布的叶含铮，好心说：“我先走一步！你也快跑！省得路上再被魔音穿耳！”

叶含铮笑着跟他道别，走进了卫生间。洗手台前站着两个抽烟的男生，应该是同年级的，看着有些面熟。

他没在意，拧开了窗户附近的水龙头。

伴随着“哗啦啦”的水流声，其中一个男生打量起叶含铮，小声问：“就是他吧？”

另一个眯着眼看了半天，确定之后，猥琐地笑起来：“像，真的像，不过是个男的有点儿可惜了。”

“哈哈，也对，要是个女的估计也很漂亮。”

叶含铮关上水龙头，两人已经勾肩搭背地走了，远远地还能听到若有似无的讨论声和猥琐的笑声。

传言像是掉进杂草里的一簇火苗，大风一吹，野火连天。

起初只是坐在后排的几个男生低声讨论，一夜之间不得控制，就传遍了整个年级。

“哎，听说了吗？（1）班那个叶含铮的妈妈，是个三流小演员，穿着暴露，私生活还不检点。”

“天哪，真的呀？”

“当然是真的，长得特别像，一个模子刻出来的！绝对是亲生的。”

叶含铮来到A市以后，已经很久没有想过叶芝兰，她走得一身轻松，也不怎么来梦里，偶尔来一次，穿着光鲜亮丽的演出服，渐渐地，叶含铮都快忘了，她本身只是个不出名的小演员，还背负着一些不实的传言。

“咣当”一声巨响，课桌后的椅子倒在地上，语文老师正在黑板上写字，皱着眉回头，看到叶含铮突兀地站起来，问道：“叶同学，有什么事？”

叶含铮直愣愣地盯着刚翻开的书页，双手颤抖。

“叶同学？”

叶含铮猛地惊醒，忙说：“在！”

“你有什么问题？”

“没……没有。”

“没有就赶快坐下，不要扰乱课堂纪律。”

叶含铮说了一声“对不起”，面色苍白地扶起椅子。乔可和小四眼有点儿担心，小声地问“怎么了”，他摇摇头，又勉强地笑了笑，紧紧地把书合上，书缝里不知被谁放了一张叶芝兰为杂志拍的照片，衣着清凉。

事情似乎不声不响地传到了（1）班，不只男生，就连女同学也跟着议论起来。

“他们说的那事是真的吗？”

“我怎么知道啊，我又不是当事人。”

“这是我在其他班的同学群里看到的照片，真的特别像，只是个小演员而已。而且他妈出去拍戏几个月，回来就怀了他，也没人见过他爸。”

“我的天，肯定是私生活不检点的人。他该不会也是那种人吧？我一直以为他家条件很好的，没想到……”

“嘘，小声点儿，别被他听到了。”

8 岁以前的事情似乎又重演了，叶含铮被一群人堵在卫生间，墙上贴满了叶芝兰衣着清凉的照片，还在上面写满了污言秽语，不堪入目。

乔可和小四眼冲开人群的时候，叶含铮正一个人撕着照片，但墙上粘着很多胶水，根本撕不下来。

“看什么看！看什么看！都不用上课了吗！”乔可大声轰着人走，反而被高年级的人推了一把。叶含铮赶忙从后面扶住他，对他摇了摇头：“你们先回去上课吧。”

“可是你……”

“我没事……”叶含铮喉咙发紧，一句完整的话说不下来，等一会儿，才微笑着说，“下节课，帮我请个假吧。”

小四眼红着眼睛：“请什么假啊！不弄了不弄了！又不是你贴上去的！你别管了！”

叶含铮还是摇头，虽然不是他贴上去的，但上面的人是他的妈妈，叶芝兰虽然没怎么养过他，但他不能让别人这么骂她。

卫生间外面站着两个人，其中一个是梁绍宇，另外一个穿着本校校服，手里拿着一顶鸭舌帽。

“走吧，”梁绍宇刻意远离人群，“你以后还是少来，上次纪委的看到你了，知道你不是我们学校的。”

那男生随手把帽子扣在头上，抻着脖子往人群里看，普通得像个凑热闹的。

梁绍宇没他放松，有些不安地说：“你这样做，如果被陆明霄知道了……”

鸭舌帽说：“他从小就装得那么听话，这种事情可不会跟陆明霄说。”

“可就算他不说，陆明霄休完假期也会来学校啊，等谣言传到他的耳朵里……”

“谣言？”鸭舌帽一脸讥笑，“这是谣言吗？这可是铁铮铮的事实。”

梁绍宇无言以对，又听他说：“而且就算陆明霄发现了，又能怎么样？他管天管地，还管得住别人说什么？”

梁绍宇说：“你就……这么恨他？其实这么多年过去，我早就忘了当初是为了什么……”

“你当然忘了！”鸭舌帽突然看着他，一脸阴狠地说，“毕竟被转学、被撤职的不是你！”

上课铃响时，所有人才陆陆续续地散开。叶含铮找了一个水盆，往里面倒了一些洗手液，又找了一块抹布，从墙角一点儿一点儿地擦。这种事情他以前就经历过，应该早就习惯了，可不知为什么，心里还是难过。

临近放学，手机响了起来，叶含铮放下抹布，看见屏幕上显示着“明霄”，深呼了一口气，先对着空气说了一句话，听着没什么异常，才接通电话：“明霄？有事吗？”

“声音怎么了？”陆明霄听到他开口的那一瞬间，察觉到声音不对，皱着眉问，“到底怎么了？”

“啊……”叶含铮有些无助地摇头，他一直忍着没哭，可听到陆明霄急切的声音，藏在眼眶的泪水就轻而易举地掉了下来，“没……没事。”

“说谎。”

叶含铮说：“真的没事，就是……就是有点儿感冒。”又假装咳了两声，不好意思地说，“应该是晚上踢被子，着凉了。”

“笨蛋。”这个理由陆明霄相信，叮嘱他吃药，又空出手给傅叔发了一条信息，让他晚上睡不着的时候去帮叶含铮盖被子，这会儿又不嫌傅叔年纪大了。安排完了陆明霄才对叶含铮说：“放学回去帮我找一份文件，在书房第二个抽屉里。”

叶含铮问：“急用吗？”

陆明霄说：“不急，吃完药再给我。”他挂了电话，又埋头到工作中。陆昊东跟他一起来的，看了一眼凉透了的午餐和刚刚送来的晚饭，沉声说：“你还有三天的时间，不需要这么赶。”

陆明霄没理他，过了半晌，才抽空说：“赶不赶是我的事，你只要在这之后兑现你的承诺就行了。”

陆昊东说：“你就这么想留在国内上大学？”

陆明霄说：“去哪儿上学根本不重要，我能按照你的要求处理好这份工作，就证明我有足够的能力。”

“但我并不觉得，你有足够的能力保护一个人。”陆昊东眸底深沉，转着小指上的戒指看着他。

陆明霄对上他锐利的目光：“你什么意思？”

陆昊东淡淡地说：“那个孩子……

“你这么想留在国内，是为了他吧？”

第七章

离别

卫生间墙壁上的照片和字，直到第二天上午才清理干净，但传言并没有随之停止，反而愈演愈烈，像是洪水激流，要彻底击溃叶含铮的心理防线，才肯罢休。

徐笙在班里明着暗着强调不许讨论这件事情，但根本堵不住悠悠众口。毕竟言论自由，大家都是私下传看，又没违反校园纪律。

她怕课间人多嘴杂，让叶含铮去办公室待着。一时间气氛有些凝重，几个好朋友都在这里，却都不知道该说些什么。

乔可听说这件事的第一个反应就觉得是胡扯，可叶含铮昨天清理照片的态度，又让他觉得是真的，想说点儿什么，却不知道如何开口。

“都别愁眉苦脸了，”叶含铮说，“真的没事。”

“怎么会没事！全年级都在说你笑你，”乔可拽着头发，“到底该怎么办，不然让校领导出面吧。”

徐笙说：“我早就找过了，但你有没有想过，现在只有高中部的人知道一些，还有些人根本不了解情况，如果找了校领导，搬到台面上去说，那不就是昭告天下了吗？而且就算校领导出面，这种事情也不可能强硬处理，只能说说了事。”

小四眼说：“那怎么办，不可能一直让他们说吧？马上就高三了，谁受得了一群苍蝇在耳边嗡嗡地乱叫！”

叶含铮看着他们为自己担忧，心里感激，可这种事情除了默默承受，根本没有其他办法，毕竟叶芝兰确实是他的母亲，确实给杂志社拍了那些照片，也确实怀了孕一个人跑回县里把他生下来。他在心里安慰自己，不过就是被别人说几句，忍一忍就过去了，想着陆明霄还有两天就能回来了，心里又高兴起来。

晚上回家，傅叔看他脸色不太好，细心地问："感冒好些了吗？"

叶含铮点点头说："好多了。"

傅叔揉了揉他的头发："记得按时吃药，如果学业太紧张的话，家里的工作可以先放一放。"

叶含铮满口应着，他努力调整好自己的心态，但到底还是个孩子，眼中不自觉流露出的情绪，依旧没能瞒住傅叔。

等待陆明霄的时间有些漫长，好像每分每秒都被无限拉长了。叶含铮拿出那封写好的信看了看，觉得有些句子不够好，修修改改，重写了两遍，才又放回信封里，压在书包底层。

他的心情好了很多，可有些人偏偏不想他这么轻松，放学和乔可分开后，刚准备去存放处取车，就被一群人堵在了窄小的胡同里。

傍晚六点多，天还亮着，叶含铮看清了带头的人，正是已经辍学的冯晟，身边还站着一个人，染着黄色的头发，看起来有些面熟。

"好久不见啊，插班生。"

"你是……"

"忘了？"

叶含铮确实想不起来了，但管他叫插班生，难道是小学同学？

"我今天是来跟你道歉的，"那人提醒，"小时候，不该用凉水泼你。"

叶含铮想了想，不确定地问："你是……胡哲？"

“哈哈！”胡哲的笑声里充满讽刺，一把揪住他的衣领说，“你还真的忘了？”

“胡哲？”高速上行驶着一辆黑色轿车，傅助理刚从机场接到匆匆赶回来的陆明霄，幸好这次去的城市离得不远，坐飞机只花了一个多小时。

“你可能不记得了，那孩子小时候欺负过含铮，往他身上泼了一盆冷水，后来又假借道歉之名，诬陷含铮当众推他。”傅助理透过后视镜看了一眼坐在后排的父子，陆明霄眉头紧锁，陆昊东始终一脸平静。

陆明霄回想起来：“我不是让你处理了吗？”

傅助理说：“是，我当时帮他安排了转学，刚好他的父亲胡胜杰在岗位上出了一些问题，就一并调走了。”

陆明霄问：“他父亲本身就有问题？”

“嗯，听说是猥亵女员工，就算胡哲当时没有欺负含铮，那位也会被调走，但是胡哲似乎把这一切都记在了含铮的身上。”

陆明霄紧紧握着拳头，想要立刻赶回去，不知道叶含铮这几天是怎么忍受的，对他丝毫没有表现出来。傅助理上午去了趟学校，把所有的事情都了解得清清楚楚，包括叶芝兰的照片，以及满校的流言蜚语。“我打电话问了胡胜杰现在的上司，他被调职以后，经常酗酒，对妻子非打即骂，导致两人离婚。胡哲归他养，但他一直觉得是因为儿子没有跟你搞好关系，才会断了他的前程。”

“如果不是你突然出现抢了我的位置，我们家怎么会变成现在这个样子？！”胡同里的路灯突然亮了起来，有一个似乎坏了，忽明忽暗的灯光映在胡哲阴晦的脸上。叶含铮根本没想到会是他："所以，我妈妈的照片，也是你贴的吗？"

"是啊，"胡哲说，"还有那些谣言也是我传播出去的，费了我不少力气呢。"

叶含铮无法理解他的做法，眼中含着少有的愤怒。

胡哲看他终于被激怒了，反而笑了起来，他这些天始终在暗处观察叶含铮的反应，见他不气不恼，没有大哭崩溃，恨意更深，恶毒地说："怎么？你妈就是个三流的演员，我不过是帮她扩大知名度，满足她的虚荣心，让更多人知道她的私生活有多么不检点……"

"你闭嘴！"叶含铮红着眼睛使劲儿挣脱胡哲的钳制。叶含铮根本不会打架，但他受不了胡哲这样说。对方人多，还有冯晟和一群混混，叶含铮死咬着嘴角，想找机会逃脱，却被冯晟拽起来扔到一边，叶含铮不知道自己哪里惹到了冯晟，冯晟却主动说："上次让你跑了，这次看你还敢跑？"

胡哲拍了拍身上的土站起来，哼笑着说："晟哥可悠着点儿，别往明面上打。"

短暂刺耳的刹车声从马路对面响起，陆明霄经过这里，看到窗外景象瞬间爆出一声怒吼，便让傅助理停车。他隐约看到叶含铮蜷缩在地上，被冯晟连踹了好几脚，疯了似的想要下车，却听陆昊东淡淡开口，让傅助理把车门锁上。

"你干什么陆昊东！让我下去！"陆明霄用力地抠着门锁，可车门纹丝不动，他急得用身体去撞，骨骼碰在玻璃上，发出一声一声闷响。

那群人还在向叶含铮施暴，与此同时，陆明霄的后颈也被陆昊东卡住，将他的脸贴在车窗上，强迫他目睹正在发生的一切。

“你下去能做什么？”陆昊东说，“跟着一起被打吗？”

“你放开我！放开我！”陆明霄不停地挣扎，似乎回到了初中那年，他在斗兽场里被逼着看完那一场血腥暴力的表演，现在又被逼着，看叶含铮受伤。

陆昊东沉声说：“如果你有办法平息这场恶斗，有办法帮那个孩子抹去关于他母亲的所有流言蜚语，让他安心毕业，让他这辈子再也不会遇到这样的麻烦，那我让你下去。如果你都能办到，不需要任何人的帮忙。”

陆明霄眼睁睁看着窗外，那些人落在叶含铮身上的每一脚，都像是剜着他心里的肉，疼得他全身颤抖。

他知道他做不到，凭他自己的能力，他没有一样可以做到。

陆昊东松开他的后颈，让傅助理报警。“我早就教过你弱肉强食，”他的目光看得有些远，像是对陆明霄说，也像是自言自语，“如果保护不了珍重的人，就要眼睁睁地看他受人欺负，甚至看着他死。”

傅助理听着他们父子之间的对话，微微地叹了口气。对面的警察来得很快，叶含铮艰难地从地上爬起来，捡起散了一地的书，他没在意别的，而是先把一个被踩得皱皱巴巴的信封捡起来，擦干净上面的土。冯晟等人都被警察带走了。警察看了看叶含铮的伤，想要带他去医院，他却看了眼时间，摇了摇头。

陆明霄知道为什么，平时这个时间他会打电话，也可能会发视频邀请，果然，叶含铮等人走后，对着手机屏幕照了照，发现脸上没伤，又傻乎乎地笑起来，似乎在演练着什么。

“你可以抹掉他母亲拍过的照片吗？”陆明霄说。

“可以。”

“所有人的电脑上都不会出现？”

“可以。”

“你可以让学校里的传言平息下来吗？像什么都没发生过一样？”

“可以。”

“你可以让那个胡哲彻底消失，让今天碰过他的人都得到加倍的惩罚吗？”

“可以。”

“你可以……”

“明霄，我们都是商人，只懂交易，没有付出。”

陆明霄说：“你想要我做什么？”

“做你该做的事，在没有足够的能力之前，不要再想多余的事了。”

陆明霄看着叶含铮的背影沉默下来，陆昊东说：“让傅衍去说吧。”

“我去说，”陆明霄合上眼，靠在椅背上，“我亲自跟他说。”

吃过晚饭，叶含铮找方姨拿了点儿药膏，他身上沾的土没拍干净，跟方姨说是上体育课的时候摔了一跤。方姨信他，嘴上念叨着凡事小心一点儿。叶含铮乖巧地点点头，去浴室里脱了衣服，看见腿上和腰上到处都是瘀青，站在花洒下热水一冲，疼得他倒吸凉气，幸好脸上看不出来，给严重的地方上好药，便回了卧室。

今晚陆明霄一直没打电话过来，叶含铮想他，但也松了口气。他把手机放在旁边的枕头上，戳了戳小恶龙的鼻头，又去把窗户打开通通风，夜里有些凉，但他怕药膏的味道藏不住，明天被陆明霄发现就不好了。

梦里混混沌沌的，夹杂着身上的疼痛，始终睡不踏实，不知到了几点，隐隐听到有人推开房门，过了一会儿又听到那人轻轻地关上了窗，之后许久，都再没发出声音，像是一直站在窗口，未曾动过。

第二天一早，叶含铮照常起床，休息了一个晚上，身体虽然还是疼，但已经好很多了。刚准备换衣服去学校，突然看见房间的沙发上坐着一个人，他惊喜地睁大眼睛，开心地说："明霄？你怎么回来了？"

陆明霄正在看书，阳光洒在他身上，笼着一层薄薄的光晕，好看得不太真实。

"昨晚就回来了，"陆明霄把书丢在一旁，"你睡得像猪一样，叫都叫不醒。"

"你叫我了？"叶含铮眨了眨眼，小声道歉，"对不起，我睡得太熟了。"

"以后睡觉把门锁上，"陆明霄说，"要不然进了贼都不知道。"

"你才不是贼，"他尽量让自己看起来像没事人一样，笑着问，"你是提前完成工作了吗？"

陆明霄没回答他这个问题，而是说："今天在家陪我，不要去学校了。"

叶含铮没多问："那我跟老师请假。"

"已经请过了，"陆明霄走到门外对他说，"换衣服，下楼吃饭。"

今天家里有些奇怪，叶含铮从卧室走到餐厅，一个人影都没看到，平时这个时间应该是最忙的，傅叔在客厅泡茶，保姆要打扫卫生，方姨会变着花样地准备早餐，一两个月都不带重样。

可现在除了温火炖着的汤，什么都没有准备。

"明霄？"叶含铮走进厨房，看到陆明霄正对着说明书烤面包，盘子里面烤煳了两个，第三个也快焦了，赶紧过去帮忙，把面包机的时间调整好，说，“我来吧。”

陆明霄让了一步，皱着眉把说明书扔到一边。

叶含铮问：“大家都去哪儿了？”

陆明霄说：“放假了。”具体去哪儿并没有告诉他，但看来此时家里只有他们两个人。

“学校找好了吗？”陆明霄看了一眼砂锅里的汤，打开调味盒研究了一会儿，拿起勺子。

“找了几所，都是一些比较知名的大学，我对比了一下，明大和清大的经济学院是最好的……等等明霄，那个是糖。”叶含铮拦住他的手，刚想换成盐，就听陆明霄任性地说：“我想喝甜的汤不行吗？”

叶含铮便由着他，让他把糖撒在排骨汤里。

“你想去哪一所？”陆明霄问。

“我啊……我去哪里都行，”叶含铮说，“只要能和你……”

“明大吧，”陆明霄打断他，“那边距离A市比较近，偶尔可以回来看看。”

“好啊。”叶含铮把烤好的面包取出来，又准备煎个鸡蛋。

陆明霄问：“专业呢？学经济？”

“我还没想过，”叶含铮问，“你觉得我应该学什么？”

陆明霄说：“都可以，选你喜欢的。”

叶含铮垂着眼，给焦黄的煎蛋翻了个面。他下楼时连带那封满是褶皱的信也带了下来，放在上衣的口袋里，露出了粉红色的一角。

“明大的宿舍我查过了，条件不错，四人一间，如果不喜欢餐厅的饭菜可以租用厨房自己做，你晚上睡觉不老实，记得申请下铺，多……多参加校内活动吧，这几年因为我，你基本没有出去过。”

叶含铮觉得有些不对，心里莫名地慌起来，忙关上火说："你不参加活动我也不会参加，我想陪着你。你如果吃不习惯学校的饭菜，我可以学开车，从明大回家里只需要两个小时，我可以接送你，我不怕早起，也不怕累……"

"我不去明大。"

叶含铮怔了怔："可是你让我找学校，难道不是要留在国内吗？"

"是，"陆明霄说，"开始是这样想的。"

"那……为什么？"

"我跟陆昊东做了一个交易，如果这次能完成他安排的工作，就可以留在国内。"陆明霄看着叶含铮，透过他的衣服，仿佛能看到他身上的瘀青，便没再继续说下去。

叶含铮立刻猜到了结果，忙说："那你，还是会去国外上学吗？"

陆明霄点点头。

还好，只是去国外上学而已，这件事他早就有心理准备，虽然远了点儿，但还有假期。可他心里依旧发慌，迫切地从口袋里拿出那封信，递给陆明霄："去国外上学也没关系，我可以等着你……"

话没说完，陆明霄就抬手挡住了他的嘴，信封上写着"陆明霄"，后面画着一只可爱的叶胖啾。像是为了掩饰突然红了的眼眶，陆明霄转过身说："叶含铮，我短期内不会回来了。"

短期内是多久，陆明霄没说。他和叶含铮一起吃了顿早饭，煳掉的面包、半生的鸡蛋，还有甜得发腻让人难以下咽的排骨汤。

下午傅叔回来，看到叶含铮一个人坐在门口的台阶上，手里攥着没送出去的信。

他跟着叶含铮一起坐下，听着叶含铮说："明霄走了。"

傅叔说："我知道。"

"他说他会很忙，不能打电话。"

"嗯。"

"他说国外很远，不能去找他。"

"嗯。"

"他让……我去上学，不让我和家里签合同。"

"嗯。"

"他是……让我走吗？"叶含铮眼中蒙上一层雾气，哽咽地说，"他是不要我了吗？"

陆明霄就这么走了，连件衣服也没拿。叶含铮跟着傅叔去游戏间把他那些童年的玩具封存起来，发现藏在足球盒子里面的叶胖啾也跟着不见了，不知道飞去了哪里，是不是再次蒸发了？

陆家所有人都围着陆明霄转，他去哪里，爷爷奶奶就会跟着去哪里。陆先生也一起走了，他似乎只是回来坐了坐，并没打算长久地留下来。平时忙忙碌碌的陆家，因为陆家人再次离开，又一次闲散下来。傅助理随和，只要大家把分内的事情做好，偶尔偷偷懒，都睁一只眼闭一只眼。

叶含铮依旧每天按时上课，按时回家，依旧住在陆明霄的卧室里。没人让他搬出去，也没人赶他走，所有人都正常地生活着，只有叶含铮的时间好像还停滞在陆明霄离开的那一刻。等他渐渐缓过神来，酷热的暑假已经来了。

"明天就放假啦！你们准备去哪儿？"乔可把书一扔，挤到小四眼旁边，一起扭头找叶含铮说话。

“一共就放十几天的假，能去哪儿啊，”小四眼说，“还是瘫在家里吹空调吧。”

乔可说：“十几天也是假啊，赶紧抓住机会出去跑一圈，不然到了高三肯定没时间了。”

“还是算了吧，”小四眼说，“我打算在家养精蓄锐，要是考不上清大，我妈非扒了我的皮不可。”

“你成绩那么好还不是随便上？有什么可担心的。”乔可又转头问叶含铮：“你真的要去明大啊？找个离家远点儿的多自由啊。”

叶含铮迟钝地应了一声，半晌，又点了点头。

“怎么还是这么没精神啊？”乔可叹了口气，“你妈妈的事情不是早就辟谣了吗？别想了。”

“是呀，”小四眼说，“照片上的模特只是跟你和你妈妈长得像而已，带头传播谣言的人也承认是故意找碴儿，诋毁你们，已经被开除学籍啦。咱不信谣不传谣。”

叶含铮恍惚了很久，才想起他们说的这件事。陆明霄走后的第三天，那些嘲笑他、议论他的同学，集体转变了态度，有些人甚至跑来跟他道歉，郑重地跟他说“对不起”。

叶含铮不知道发生了什么事情，跟着老师去了趟办公室，见到了一个长头发的女人，那女人风情万种，长得真像年轻时的叶芝兰，无论声调、语态，还是鼻子上那一点褐色的痣，都一模一样。

她看到叶含铮也惊了一下，不可思议地说：“如果不是我确实没生过孩子，还真要以为你是我的儿子了。”

她叫李岑，听说是个广告模特，网上可以查到她的信息，她来学校当众承认那些照片里的人是她，而且她跟叶含铮没有半点儿关系。

“你为什么说谎？”叶含铮看着她问。

“拿钱办事咯，”李岑把鬓角的头发撩到耳后，抽出纸巾擦掉了鼻翼上的小痣，笑着说，“不过你可得保密，老板不让我见你，我是太好奇了，想看看咱们是不是真的长得那么像。”她打量着叶含铮，啧啧称奇，真的太像了。

两人只说了几句话，李岑就走了，她出门前打了个电话：“亲爱的，来接我吧，事情结束啦。”

“哈哈，当然快了，一群高中生而已，这买卖太值了，随随便便就拿到一千万元，够我躺着花好几年。”

一千万元……

乔可还在计划着去哪儿玩，叶含铮的脑海里却始终回荡着这个数字，他好像突然之间醒悟过来，提着书包飞快地跑回家。

“您知道，怎么可以赚到一千万元吗？”

傅叔正在收拾陆老爷子的旧报纸，听到叶含铮提出这个问题，愣了几秒，笑着说：“这……好像有些困难。”

叶含铮也觉得困难，一边帮傅叔分类，一边说：“傅叔，我可以去外面打工吗？”

“打工？暑假吗？”

“嗯。”

傅叔说：“可是你还没有成年。”

叶含铮说：“还有几个月就成年了，我可以先做家教，再打短工。”

傅叔考虑了一会儿，没有拦着，18岁以后，叶含铮就可以选择离开了，他因为明霄而来，如今明霄走了，他也没有再继续留下的理由。整个暑假，叶含铮都在为工作奔走，他接了两份家教工作，周末还会出去发发传单，如今不能白住在陆家，抽时间还要帮方姨做饭，帮保姆收拾房间。明明每一天要做的事情都排得满满当当的，可到了夜深人静的时候，还是会特别想念陆明霄，他忍不住给明霄打过几次电话，但对方永远是关机状态，怎么都打不通。

他把自己赚到的钱存起来，直到高三毕业那年，顺利考上大学，他交给傅叔一个存折，里面是这些年傅叔私下给他的零用钱，从小学到高中，积少成多，对一个孩子来讲，是个不小的数字。

“学费，有了吗？”傅叔看他提着行李箱，不舍地问。

叶含铮说：“已经存好了。”

傅叔点点头，叮嘱他照顾好自己，又叹了口气。

这么多年，他们早就把彼此当成了亲人，叶含铮红着眼睛和他拥抱，轻声说：“傅叔，我要走了。”

“好，”傅叔的嗓子微微地哑了，眼角有点儿湿润，“一切小心，如果有机会，要回来看看。”

叶含铮“嗯”了一声，又怔怔地看着二楼的书房，他记得他刚来陆家的那一天，也是这样仰起头，看到陆明霄从上面跑了下来。

“明霄……有联系过您吗？”

傅叔摇摇头：“没有。”不只陆明霄，就连程书蕴和陆老爷子都没有打过电话。这是常事，一年到头，陆家人回来的时间并不多，这里也只是陆家的一处房产而已，大多时候都是傅助理和保姆看着院子，等着陆家人回来罢了。

叶含铮抿着嘴角强迫自己笑起来，鞠了个躬，再次跟傅叔告别。李叔要开车送他，帮他提行李的时候，被他拒绝了，行李箱很轻，里面空荡荡的，只放了一封青涩的信。

那封信后来一直在皮质的夹层里住了好多好多年，伴随着雪雨风霜、冬去春来，渐渐地褪去了原本的色彩，变成了白色，又变成了淡黄色。

“盛昌科技”七楼。

谢平失魂落魄地趴在办公桌上，脑袋下压着一份被客户打回来的策划方案。

对面工位上的小李站起来问他：“又被骂了？”

谢平哭丧着脸说：“是啊，但我已经改了很多次了，脑细胞死了一批又一批，真的不知道怎么改了。”

“你也太惨了吧。”

谢平大学毕业不久，还在实习期间，本以为这个方案通过之后，可以顺利转正，却没想忙了一个月，客户连看都没看，直接打回来说不行，没有任何理由。主管解决不了，就怪他的方案出了问题。听说客户公司跟“盛昌科技”合作了好多年，从来没有出现过这样的问题，也不知道这次怎么了，偏偏让他赶个正着，他好不容易挤进这家公司实习，不想就这么平白无故地丢了工作。今天主管说再给他一周时间，如果方案还被打回来，就不用上班了。

小李来了两年，是个热心肠的人，出主意说：“要不你直接去找总监吧。”

“啊……”谢平说，“直接找总监，那不是越级吗？”

“你不找就得走，走都是轻的，”小李放低声音，“周主管这人能力不行，解决不了问题也不上报，藏着掖着生怕挨说，‘毅风’跟咱们合作了这么多年，可绝对不是个小客户，你不去找总监，到时候真出了什么事，把以后的合作搅和黄了，周主管肯定拉你挡枪。”

谢平还是犹豫：“可是总监会理我吗？”

小李说：“当然会了，叶总监人特别好，而且这又不是小问题，他肯定会帮你的。”

谢平半信半疑，但为了前途，还是拿着十几份策划案，去了楼上。

“盛昌科技”算是新兴企业，主要负责各类甲方品牌的运营推广以及广告公关，之所以能吸引不少刚毕业的大学生挤破头，是因为这家公司跟传说中的陆氏集团沾了一点儿关系，但就是关系隔得着实有点儿远，孙公司的孙子辈，差了十万八千里。

总监似乎在打电话，谢平站在门口等了一会儿，直到听着没声音了，才抬手敲了敲门。

“请进。”

谢平推门进去，看到一位穿着白色衬衫的……好看男人。

确实是“好看”，谢平确定自己没有用错形容词。这个男人褐色的头发、微翘的眼角，鼻梁上架着一副无边框眼镜，见谢平进来便摘下，应该是平光护眼的，没有度数。办公桌上放着一个名牌，上面写着他的名字——“叶含铮”。

“你是市场部的谢平？”

“您……您认识我？”谢平没想到他知道自己名字，赶紧点了点头。

叶含铮笑着站起来，走到茶水柜旁倒了杯咖啡：“我看过你的方案，做得很好。”他让谢平坐下，又把咖啡递给他。谢平有点儿拘谨，连连道谢，小李果然没有骗他，这位叶总监果然很好相处。

谢平喝了一口咖啡，才想起来说正事。“突然过来打扰您真的不好意思，但我实在不知道该怎么办了，”他把手上的文件递给叶含铮说，“这是我给毅风集团做的方案，但对方不提要求，也不说问题，看都不看就给打了回来。周主管让我按着自己的想法改，直到改到对方满意为止，可是我再怎么改，他们不看也没办法啊。”谢平说着有点儿委屈，刚刚毕业又没经历过大风大浪，也是难免的。

叶含铮看了看他的方案，第一稿就很好，后面越改越力不从心，他跟谢平大概了解了情况，知道了前因后果：“‘毅风’是徐总谈下来的客户，按道理来讲，不会出现这样的问题。”

“难……难道要徐总亲自出面吗？”谢平更慌了，以为麻烦总监就够了，难道还要麻烦总经理？

叶含铮笑着说：“不用。你未来一周有时间吗？”

谢平说：“有的。”

“那我们一起去趟 C 市，拜访一下客户公司。”

谢平说：“我……我也要去吗？”

叶含铮说：“你也一起去，才能更好地明白客户的意图和心理，免得改来改去，会更辛苦。”

谢平没见过这么温和的上级，赶紧站起来说：“谢谢您，那我马上回去收拾行李。”

叶含铮微笑着说：“别叫‘您’了，我顶多大你几岁，叫‘哥’吧。”

谢平第一次出差，就是跟着叶含铮一起，他们开车去的，五六个小时才到。

毅风集团做服装生意起家，经历了几十年的风风雨雨，打造了不少知名品牌，是实打实的大客户，如果真出了问题，“盛昌科技”怕是承担不了后果。

接待叶含铮的人姓刘，跟他认识。

刘经理说："其实这件事我是知道的，但是你应该也听说了，我们董事长这两年想要退休，公司所有的事情都交给太子爷了，太子爷刚刚上任，满脑子想着换血，唉，我这份工作能不能保住都要另说，你们这事就更没办法管了。"

如果要换血，估计是由里到外的大清理，叶含铮说："那不知道，能不能请刘经理帮忙约一下太子爷？"

刘经理摆摆手，偷偷地说："他根本不懂经营，也不讲道理，你们徐总的父辈不是认识董事长吗？还不如亲自去找董事长说说。"

叶含铮为难地说："但徐总最近不在公司，咱们两家的合约也快到期了，如果不尽快说清楚，后续的问题会比较麻烦。"

"哦，想起来了，"刘经理说，"徐总刚结婚，在外面度蜜月吧？"

"是，"叶含铮斟酌了一会儿，"不知道我去拜访杨老先生，合不合规矩？"

"叶总监说的什么话，你就是太客气了，谈生意有什么合不合规矩的啊，正好过几天董事长生日，你跟着我一起去，估计也就几句话的事情。"

杨老先生叫杨毅风，今年七十整，算不上高寿。

出席这种场合，挑礼物是门学问，贵的、好的，都不如合心意的，尤其像杨家也不缺钱，要能让老人开心，着实得下点儿功夫。

叶含铮没有提前准备，只能打电话问徐总。这位徐总是他大学时期的学长，全名徐州，说是杨老头喜欢紫砂壶，让他去古玩市场淘一个别致的就行。

第二天谢平跟着叶含铮去了C市最大的古玩市场，逛了整整一个上午，终于选了件看起来不错的，但他们两个谁都不懂行，卖家说什么就是什么，最后报价五万元。谢平有点儿坐不住了，他有个朋友也喜欢文玩，说这种地方骗子居多，砍价都是直接抹零的，但叶含铮应该不在乎这点儿钱，他们公司的总监，不说年薪上百万元，几十万元肯定是有的，谢平也就没多说。

直到付了钱上车后，谢平才发现叶总监的表情有点儿不对，微微皱着眉，有些反常。

谢平说："叶哥，你是哪里不舒服吗？"

叶含铮点了点头。

"哪……哪不舒服？我去给您买点儿药？"

"不用了，"叶含铮又少见地叹了口气，心疼地说，"五万元太贵了，徐州不会报销的。"

卖家吹嘘的纯手工制造的紫砂壶放在黄绸面的礼盒里，看起来还算可以，镂空的浮雕和暗纹也还算精致，肉眼瞧着不亏。他拍照发过去给徐州看了看，毕竟是以公司的名义送出去的，不能丢脸。徐总也不懂这些老年人的玩意儿，问他多少钱。

叶含铮把发票一同拍照发了过去。

半晌没得到任何回复，叶含铮电话打了过去，徐总说："算了，学弟，情深缘浅，以后别联系了。"

果然是这个回答，徐州是出了名的铁公鸡，对谁都是一个样，叶含铮无奈地笑了笑，他倒也没有真的要求报销，徐州帮过他不少，这点儿钱，是他应该出的。他把礼物装好，又打开手机查了查银行卡里的余额，长叹了口气，倒在床上，需要花钱的地方太多了，距离目标，还很远……

转眼到了杨毅风生日的前一天，叶含铮跟着刘经理一起前去拜访，他和谢平都不在受邀名单里，刘经理权力有限，只能带一个人过去。

早就听说杨老先生爱排场，把生日宴开到自家刚建成不久的云顶山庄，顺便邀请了各界知名人士过去小住，这次请的尤其多，还有很多像叶含铮一样不请自来的，给足了杨老面子。

下车前刘经理递给叶含铮一张房卡，他还有点儿事情要办，叮嘱道："董事长今天有贵客，估计只能明天晚饭有时间聊几句，你今天就先随便转转，有什么问题咱们电话联系。"叶含铮跟他道谢，带着礼物去找房间。

前几天刚入秋，云顶山庄枫红一片，地上落叶纷纷，没刻意清扫，零零落落地铺了一地。这会儿迎面跑过来一个人，气喘吁吁地跟叶含铮打听："不好意思打扰一下，请问您知道附近哪里有卖颜料的吗？"

叶含铮也是第一次来，跟他说了抱歉，表示不清楚。

那人道过谢，又急忙跑开换了一个人询问。

越往里走，客人也渐渐多了起来，全都带着礼物，都是受邀参加生日宴会的，还有一些熟悉的面孔，有合作过的，有在报纸新闻上见过的。

"哎哟，小叶总监？"

"张总？"叶含铮听到有人叫他，顺着声音看过去，张总是他第一个客户，后来举家搬迁，去了国外，生意也都转到了那边，有两三年没见过了。

张总四五十岁，挺着圆滚滚的啤酒肚，乐呵呵地说："你怎么来了？跟你们徐总过来拜寿？"

叶含铮颔首，笑着说："是我自己过来拜访的，徐总最近休息。"

张总也想起来了，徐州刚结婚，肯定忙得很，又跟叶含铮简单聊了几句。叶含铮说："没想到能在这里见到您，本该是我去您府上拜访的。"

"哎呀，你瞅瞅你，还是这么规规矩矩的，大家都忙，你们更忙，"张总通情达理，"而且我那儿多远啊，去一趟还得休个年假，划不来。"

叶含铮跟着笑起来，问道："您这次回来，还有别的安排吗？"

原本是想等宴会结束后，邀请他一起吃饭，张总却摆摆手说："没了没了，明天晚上的飞机，这边完事了就得赶紧走，公司还有个会等着开。"

叶含铮遗憾地说："这么匆忙……"

"是啊，没办法，如果这次不是想见见陆家那位新上任的总裁，我才不会大老远地跑回来。"

叶含铮一愣，提着礼盒的手微微颤抖："您说，陆家……"

"陆氏集团啊，谁都知道。"

叶含铮有些出神，过了半晌才问："新任总裁，是陆……陆明霄……吗？"他太久没有提过这个名字，嗓子干涩得险些发不出声音。

张总说："除了他还能有谁，这陆明霄是真的厉害，不仅干掉了他爸，还把他家那些企图造反的董事收拾得服服帖帖。"

陆家的新闻从不外漏，内部如何更是没人知道，这么多年以来，叶含铮还是第一次从别人嘴里听到他的消息，迫切地想知道更多。

张总也是看热闹不嫌事大，八卦起来没完没了："人家都说商场如战场，像咱们这种小公司平时斗起来还你死我活，更别提陆家了。陆昊东也是个厉害人物，对自己的儿子绝不手软，我要是能有他一半心狠，我家那个不成器的，估计早就不用我操心了。这事我也是听别人说的，说是陆明霄十几岁就进了公司核心位置，直接威胁到了窥视陆家股份的一部分董事，那些吃人的董事一个个可都是奔着他的命去的，换我这么个身经百战、阅历丰富的，估计都待不了半年，他一个孩子竟然可以把那些老贼全都连根拔起，不服不行啊。”

再走不远，就到了山庄的别墅，一栋主楼，左右还有两栋是客用楼。叶含铮和张总去了左边那栋，又碰到了刚刚跟他问路买颜料的人，提着一个小袋子，匆匆忙忙地跑了过去。

这人名字叫吴林，把颜料送到主楼客房，又退出来静静等着。

杨家的保姆走过来问：“陆总醒了吗？”

吴林示意她小声一点儿，说是醒了。

保姆又问：“那什么时候用餐？我让厨房准备。”

吴林说：“不用费事，待会儿煮一点儿粥端上来就行了。”

保姆说：“但是杨老先生交代，说是要好好招待陆总。”

吴林说：“粥就好，白粥。”

保姆没再说什么，不好意思地说：“杨老先生没想到陆总提前一天到了，这会儿正从外省赶回来，还请陆总多担待。”

吴林点了点头，目送保姆下楼，过了一会儿，又见她把煮好的粥端了上来，他接到手里，转身敲了敲门，走了进去。

房间里站着一个高大的身影，穿着深色的浴袍，估计是刚洗完澡，头发还有些湿，他像是没瞧见吴林这个人，面无表情地玩着飞镖，一支一支银色镖针正中红心，甚至把原本钉在镖盘上面的都打了下来，最后只剩下他手里的那一支。

吴林止住脚步没有动，看着窗外折射进来的光影照在他棱角分明的脸上，低声说：“陆总，您的粥。”

话音落下许久，都没有得到回复，吴林不敢再出声了，端着托盘站在门口。他今天买来的颜料已经用了，连同画笔一起放在靠窗的书桌上，桌面上还摆着一个刚刚补了色的小玩偶，那东西很小，吴林见过几次，是一只可爱的小恐龙。

第八章

重逢

得知陆明霄要来，叶含铮变得紧张起来，这十年过去的每一天，他都幻想能和陆明霄再次相遇，有时候一个人走在路上，会猛地回过头，呆怔地看着来来往往的人潮，希望陆明霄可以突然出现，高傲地戳戳他的额头。

他把礼物放到房间里，没来得及休息，又跑到了大门口，他要站在这里等着，如果陆明霄来了，一定会从这个门进来。

可受邀的客人一个又一个地过去，直到傍晚都没有见到陆明霄，叶含铮没有任何关于他的消息，也根本不知道他的行程安排，除了站在这里傻等，没有别的办法。

晚上九点左右，连杨老先生都到了，陆明霄却一直没有出现。他在这里跟门卫站了一天，脸都混熟了，门卫说："没准儿已经来了呢？"

"啊……"叶含铮说，"你不是没有记录吗？"

门卫说："确实没有记录，但是像他们这种贵客都是董事长秘书亲自迎接的，昨天不是我值班，要不我帮你问一下吧。"泄露客人信息的行为是严厉禁止的，但门卫看叶含铮等了这么久，又只穿了一件薄外套，冻得瑟瑟发抖，还是决定帮他一把，又不告诉他人住在哪里，只是问问到没到，应该没什么大事。

这时又开进来一辆车，门卫看清车牌号，赶紧把手机放下，迎了上去。那辆车没有直接开走，而是缓缓地停在叶含铮身边，落下了车窗，车内瞬间飘来一股浓烈的酒气，里面的人探头出来，嘴里叼着一根烟：“哟，我还当是看错了，原来真的是你，叶含铮？”

“杨景？”叶含铮没想到参加一个生日宴会，可以遇到这么多熟悉的人，这位杨景也是他的大学同学，名字取得秀气，人却非常壮硕，跟徐州的关系非常差，曾互为情敌大打出手的那一种，“你怎么……会在这里？”

“我为什么不能在这里？”杨景嚼着烟嘴说，“这是我家啊。”

叶含铮站了一晚上没等到陆明霄，却等到了毅风集团的太子爷，怪不得他新官上任就要把两家公司的合作搅黄了，完全不是没有理由，公报私仇罢了。

这件事徐总肯定知情，又因为两人之间的关系太过僵持，不想出面解决，叶含铮打了电话过去，情况果然如此。徐州此时正躺在海边晒太阳，明摆着说这事他解决不了，但是合作还得继续，无论是找爹还是找儿子，生意都不能黄了。

“学弟，”徐州说，“这事如果成了，我把那五万块钱给你报了。”

叶含铮说：“不是钱的问题，最好的解决方法是你能回来一趟，当面跟杨景谈谈。”

徐州说：“我跟他谈得了吗？他的女神现在是你嫂子，你让我怎么跟他谈，情敌见面分外眼红懂不懂啊，更何况我还把他的女神娶了。”

事情确实有些棘手，本以为找到杨老先生就能解决的，现在看来还是要从杨景入手，毕竟毅风集团以后是杨景的，想要长久地合作下去，不可能越过他那道坎，但是杨景这个人……

“我之前查过，毅风集团的太子不叫杨景吧？”

“化名呗，”徐州说，“知道杨老头为什么到了 70 岁才不得不退休吗？就是因为他这个儿子不争气，是个扶不起的阿斗，他根本不敢撒手，怕一旦放权，他们老杨家就倒闭喽。”

徐州没有夸大其词，当时他们整个学院的人，都目睹过杨景的种种行为——好不容易遇到了真爱，想要为爱奋发向上，结果真爱还嫁人了，打击可谓非常大。

“你先跟杨老头通个气，具体等我回去再说，对了，还得躲杨景远点儿，”徐州说，“他那人你也知道，浑蛋一个，再加上最近情伤加重，不知道会干出什么事来。”

叶含铮也是这个意思，这种掺杂了私人感情的问题，无论如何他一个人都解决不了。挂了电话，又回到大门口，门卫已经帮他问清楚了，说陆明霄昨天就到了。

已经到了？

叶含铮回过头，看着偌大的云顶山庄，好像置身在梦里，原来今天，他们竟然距离这么近。

门卫说住客信息是保密的，叶含铮就没有贸然去找，毕竟这种莽撞的行为，可能会给工作人员带来一些麻烦，只是确认了明天陆明霄一定会出席生日宴，才忐忑不安地躺在床上。他睡不着，满脑子都是小时候的过往，躺了一会儿，又坐起来，担心陆明霄如果有急事走了可怎么办，于是又穿上衣服跑到门口，看着正中间的那栋别墅。那里面应该只有主人和贵客，这会儿将近十二点，还有三个房间的灯是亮着的，叶含铮自娱自乐，坐在台阶上猜测陆明霄睡在哪一间。

十分钟后有一间的灯灭了。

叶含铮开始猜剩下的两间。

又过十分钟，另外一间也跟着灭了。

他开心地站起来，看着主楼唯一亮着灯的屋子咧开嘴笑，那笑容像极了小时候，一点儿也没变，还没高兴一会儿，脸上的笑容就僵住了。

不知什么时候，最后那一间的灯……也跟着灭了。

叶含铮怅然若失，披着衣服缓缓地坐回了台阶上。

是呀，已经过去十年了，可能明霄的夜盲，已经治好了……

整个夜晚都静悄悄的，到了凌晨，叶含铮才回到房间洗漱，换了身衣服。

宴会下午开始，除了张总，昨天还碰到了几个熟悉的客户要联络感情，叶含铮工作这么多年，接触过他的人都对他印象很好，无论合作还是交流，全都进退有度，温和有礼，不过分强硬，也不觉得软弱。

“你今天就直接跟着我走得了，不给徐州那小子干了，一天天抠抠搜搜，不像话。”张总端着酒杯跟叶含铮说话，叶含铮没拒绝，低杯敬酒：“有机会，一定为张总效劳。”

张总知道他是客气话，笑着说：“那我可就等着了。”

到了傍晚，院子外面的人陆陆续续地进了主楼大厅，待会儿杨老先生要出来跟大家打招呼，听说是带着陆明霄一起的。叶含铮从迈进大厅的那一刻，整颗心就悬了起来，他无法形容自己的心情，也不知道待会儿看到陆明霄的那一刻，会出现什么样的反应，他第一句话应该说什么？

突然，“哗啦”一声巨响，惊得所有人都转头看去，杨景不知从哪里冒出来，双眼通红，手里举着一根棒球棍，冲着大厅中央的香槟塔狠狠地砸了下去。他明显是喝醉了，环顾四周的宾客，站都站不稳。

“你们来干什么！”

杨景大声吼："全都是来看我笑话的对不对！"

他吼得莫名其妙，所有人都被他闹得一头雾水，在场的估计也只有叶含铮知道这太子爷抽的哪门子风，但他管不了，也不会随便上前。

来访的宾客议论纷纷，有些人知道这是杨家的太子爷，有些根本不认识，还以为是哪来的疯子。杨老先生这个孩子来得晚，又不争气，从来不往外带，认识他的人自然也就不多。杨景酒气熏天，看着一张张鄙夷、嘲笑、疑惑的嘴脸更是怒火中烧，挥着棒球棍就冲进人群，瞬间尖叫声四起，所有人都急忙散开。张总估计有点儿微醺，眼看着棍子就要砸过来，还迟钝地没有躲开，叶含铮赶紧把他推到一边，自己再想躲时，似乎已经来不及了，他想抬起手臂护住头部，突然手腕一紧，猛地被人拉到身后，挡住了视线。

叶含铮呼吸一窒，怔怔地看着那个宽厚的背影，杨景那一棍子还没落下来，就被一条长腿踹飞出去，倒在满地的玻璃碴儿上，疼得昏了过去。

"唉，"一声长叹，杨老先生露面了，跟大家道歉，"刚刚是犬子不争气，惊扰大家了，大家先回去休息休息，待会儿厅里收拾干净了，再过来喝酒聊天。"

叶含铮没走，依旧被那个人挡在身后，他很高，宽厚的掌心几乎可以把叶含铮整只手包裹起来。

"明……明霄……"

那人听到声音回头，正是十年未见的——陆明霄。

"明霄！"叶含铮那一刻迸发出来的喜悦无法形容，急忙又叫了一声，陆明霄却松开了手，淡淡地挪开了目光。

杨老先生走过来说："让陆总见笑了。"

"无妨。"陆明霄低沉地说。

人都会变，更别说十年不见，陆明霄小时候骄傲任性，虽然时常板着脸，但会说会笑会发脾气，整个人活生生的，如今成熟了很多，变得沉稳内敛，淡漠疏离，深潭似的眼睛里无边无际，看不到任何情感的流露。

叶含铮一下子不知该如何跟他说话，怔怔地看着他回了楼上的客房。

原来……昨天那三间亮着灯的屋子，没有一间是他暂住的。

杨老先生看着保姆们收拾狼藉，扭过头，见到叶含铮还站在那里，端详了片刻，问道："是徐州公司的小叶？"

"是，杨董，好久不见，"叶含铮回过神来，赶忙走到他身边，把放在桌子上的礼物一起拿过来，递给杨老，"是徐总让我过来给您贺寿的。"

杨老先生似乎没怎么受到闹剧的影响，接过来打开看了看："哎呀，这是在哪儿淘的呀？"

叶含铮说："来得实在匆忙，没能从名家手里买，只好去古玩市场选了一件，不懂行，让您见笑了。"

"什么名家不名家的，我看选的这个就不错。"杨老瞧着确实喜欢，叶含铮也就安心下来，他没想在这种情况下说公事，杨老却先开了头。

"今儿个，是来谈续约的事吧？"

"您知道了？"

杨老说："我还没退干净呢，那混账东西想要干什么，我清楚得很。"

叶含铮说："是，徐总的意思，让我跟您说一声，之后等他回来，再去找杨先生详谈。”

杨老说：“不用跟他详谈了。”

“那……”

“跟我谈也没用，”杨老先生拿起叶含铮送的紫砂壶把玩着，觑着眼往楼上看，“你啊，得跟他谈。”

他？难道……是指陆明霄？

“公司我已经卖给陆家了，”杨老感叹道，“卖了好啊，儿子不成器，公司早晚要被他败光，钱被他花完了无所谓，反正我也要入土，吃不上他的红利，但名声得要，我杨毅风经商多年，可不能被那不成器的儿子毁了声誉。”

毅风集团并未亏损，在C市一家独大，往后能创造的利益无法估算，就这么简简单单地卖了，而陆明霄，就这么简简单单地买了。

也不知道是该说陆家有钱，还是该说杨老心宽。

几个小时后，生日宴继续，杨老果然经历过大风大浪，该客气客气，该寒暄寒暄，就像刚刚那场闹剧从未发生。陆明霄没再出来，叶含铮尝试上去找他，却被那天跟他问路的人挡在门外：“抱歉，陆总在忙，不见客。”

客……

叶含铮一颗没有着落的心，渐渐沉了下去，对那人点了点头，下了楼。

晚上九点左右，生日宴彻底结束，张总急着走，叶含铮也没再停留，跟着把人送了出去。杨老还是累了，毕竟年过古稀，没人承欢膝下，宾客尽散，多少有些落寞，坐在空荡荡的大厅看着门口，手里是叶含铮送来的紫砂壶，看那孩子就是容易上当受骗的乖模样，这么个小玩意儿在古玩市场50元能买十来个，也不知道他是花了几倍的价钱。

不过花纹确实雕得不错，合了杨老的心意。

正研究着，客房的门开了，杨老抬头，站了起来，又重复一遍："让陆总见笑了。"

陆明霄没说什么，杨老邀他坐下继续谈公司的事情："具体章程我让秘书送到你府上，这次回来，是要在A市常住了吗？"

陆明霄"嗯"了一声，目光停留在杨老的手把壶上。

"那倒是可以时常走动，许多年没见过陆老爷子，他身体如何？"

陆明霄说："很好。"

"那就好，那就好，"又注意到他的目光，杨老把壶拿起来说，"这壶不错，虽然做工粗糙，但是纹路少见，小叶那孩子也不错，他们公司跟我们有一些简单的合作，如果之后没有多大变动，是可以一直合作下去的。"杨老好心，先帮着说上几句，但陆明霄此时并不想谈工作，还是看着那个手把壶。

今天收了无数的礼，唯有这件送到了杨老的心口上，他能瞧出来陆明霄想要，笑道："没想到陆总对这些物件也感兴趣，我楼上书房还有，不如上去看看？"

陆明霄说："不用，你手上这件就可以。"

这是见面之后他说的最长的一句话，但杨老还没新鲜够，不想给，他说："这件我喜欢……"

陆明霄瞥他一眼，冷淡且强硬地说："你不喜欢。"

杨老先生就这么被迫让出了一个手把壶。谈完公事，临近午夜，刚准备上楼休息，叶含铮去而又返，急着问："陆总走了吗？"

杨老心里不是那么敞亮，撇着嘴说："没走，要等到明天早上，但你也不用担心，他这段时间都会留在A市，回去以后再去他公司详谈，也不会耽误。"

叶含铮松了口气，跟杨老道了声"晚安"，又离开了。

三楼客房门外还站着人，吴林没睡，随时等着陆明霄吩咐，但一般这种情况都是他自愿等的，除了开车和必要的工作安排，很多时候陆明霄都不会理他，也不只是他，应该是不理所有人。

陆明霄的世界里好像只有繁忙的工作和那只褪了色又补的小恐龙，吴林猜想，那应该是陆明霄珍重的人送的，但这么多年他从没见过那个人，估计早就分别了，只是还没有忘记。

不过时间可以冲淡一切，忘掉一个人也不过需要几年罢了。

吴林钦佩陆明霄，他去陆氏集团工作就是冲着陆明霄。

第二天一早返程，吴林去停车场开车，刚把行李放进后备箱，就看到有人走了过来，他记得这个人，昨天在主楼大厅被陆明霄救了，虽然陆明霄当时的举动有些反常，但能在那么慌乱的情况下出手，更说明他本质上是个温柔善良的人。

"您好，"来人主动伸手，微笑着自我介绍，"我是'盛昌科技'的叶含铮。"

吴林点点头，跟他握手："您有什么事吗？"

叶含铮说："是有些工作上的事情，想要跟陆总谈谈。"

吴林说："陆总不直接处理合作公司的事情，具体有什么问题，还需要您联系分部的管理人员。"

这个道理叶含铮懂，但他好不容易再次见到陆明霄，不想轻易错过机会，于是换了一个借口："除了工作，还想跟陆总说声'谢谢'，感谢他昨晚帮了我。”

吴林说：“我会帮您把话带到。”

叶含铮说：“我能当面跟他道谢吗？”

作为助理，吴林一直做得很好，他知道什么人能见，什么人不能见，叶含铮这样的小角色，根本不值得陆明霄浪费时间。他抱歉地说：“陆总确实很忙，请您回去吧。”说完关上车门，回到主楼别墅。

陆明霄也下楼了，手上还拿着从杨老先生那儿“抢”来的紫砂壶，杨老跟出来送他，说道：“这壶得养，虽然坯子不算好，但胜在雕纹，昨天我瞧见上面有条细小的裂缝，虽然不影响使用，但你也要注意些，别再磕着碰着了。”说着就要给他指那条裂缝在哪儿。陆明霄却不领情，反手把壶藏在身后，生怕他又抢回去。

杨老抬起的右手没有了着落，几十年的涵养差点儿功亏一篑，趁着陆明霄转身上车，偷摸指着他的后脑勺，吹胡子瞪眼。

除了那只小恐龙，吴林从没见陆明霄这么喜欢一件东西，那个紫砂壶看起来好像也没什么特别，他透过后视镜跟着研究了一会儿，才系好安全带准备出发，谁知刚刚起步，一道人影突然冲了出来，挡在了正前方。

“停车！”

吴林吓了一跳，急忙踩下刹车，不是因为距离他还有四五米的人影，而是后排瞬间爆出的喊声。

叶含铮张开双手拦在车前，由于跑得太急，鼻尖上冒出一层薄薄的细汗，他知道自己这种行为非常不理智，但他此刻必须见到陆明霄，必须跟陆明霄说上一句话，什么话都行。其实他完全可以等回到 A 市之后，再以商谈工作的名义去陆氏集团拜访，可他不想等了，一刻都不想。

“咣当”一声巨响，恍惚看到了陆家被摧残多年的书房大门，陆明霄阴着脸下车，一步一步地冲他走了过来。叶含铮努力让自己冷静，但“怦怦怦”的心跳声越来越激烈，根本无法平复，他张了张嘴，却听陆明霄说：“你疯了吗？”

“没疯……”

“没疯才怪！”

陆明霄额角暴起青筋，像是极力压制着怒火，但压了半天没压住，暴躁地吼道：“你这十年的脑子是白长了吗？”

叶含铮被震得耳根发麻，怔怔地看着他满是担忧的眼睛，嘴角颤抖，半晌，竟然咧开嘴笑了。

陆明霄斥道：“笑什么笑？你是猪吗？小学没毕业还是大学白上了？冲出来拦车？嫌命长吗？！”

叶含铮：“嗯！”

“嗯？！”

“不……不是，不嫌长！”叶含铮眸子里闪着细碎的泪光，脸上却挂着这十年以来最开心的笑。陆明霄训一句，他就应一句，直到陆明霄累了，又恢复了初见时的冷漠，淡淡吐出一句“傻瓜”才算把怒火平息下来。

叶含铮还在笑，眼眶红红的，陆明霄瞥他一眼，不太高兴地说：“找我什么事？”

叶含铮说：“我想……搭车回 A 市。”

陆明霄没问缘由，皱着眉同意，他似乎没注意西装外套的口袋圆鼓鼓地凸出来一块，叶含铮下意识地就要帮他抻平，却被他谨慎地捂住，进了车里。

一路上没人出声，两人坐在后排，像极了许多年前一起上学。陆明霄变得更不爱说话了，跷着腿、黑着脸不知道在想些什么。叶含铮忍不住歪头看他，看着看着，眼皮打架，就不小心靠在他的肩膀上睡了过去。叶含铮心里虽然高兴，但毕竟不是铁人，昨晚又在停车场守了一夜，实在熬不住了。

距离A市还有几个小时车程，吴林一直在猜测这个人到底是谁，他见陆明霄嫌弃地挪开叶含铮的脑袋，还以为要把人叫醒，却发现陆明霄纡尊降贵地放平双腿，让叶含铮躺着睡。

“明霄……”叶含铮在睡梦中轻轻喊他。

“没事，睡吧。”陆明霄拍了拍他的肩膀，又低声对吴林说：“把车开稳一点儿。”

这时手机振动起来，陆明霄瞥了一眼上面的信息，写着：陆先生，您定做的西装已经送到府上了，耽误了您一周的时间，实在对不起。

陆明霄冷哼，随手把手机扔到一旁，扭头看向窗外。

对不起有什么用，面都见完了，还换什么新衣服。

在杨家遇到叶含铮完全是个意外，陆明霄没想到他会突然出现，以至于分别十年之后的再次重逢，就这样草草收场，他还没有做好充足的准备，回来之前定制的衣服也才刚刚送到。原计划结束杨毅风这边的工作，还要处理一些琐碎的事宜，等稍微闲下来，两人再正式见面。

而不是像现在，刚和叶含铮见完面，就要赶去公司开会。

“明霄，等等！”

下午两点左右到达A市，陆明霄安排吴林送叶含铮回“盛昌科技”，下车时被叶含铮叫住，陆明霄问：“什么事？”

叶含铮说：“可以把现在用的手机号码给我吗？我存下来，不会一直打扰……”

陆明霄没等他说完，拿过他的手机输入了一串数字，又看了叶含铮一眼，进了陆氏集团的大楼。

吴林站在车门前等着，叶含铮微微点头，对他说：“辛苦您了，我打车回去就好。”

吴林说：“陆总交代了，我得把您送到公司，这是我的任务。”

他态度坚决，叶含铮也就没再推辞，又坐回车上。吴林问清地址，时不时抬眼打量着叶含铮，直到两人的目光在后视镜里相遇，才开口问道：“您和陆总之间，是什么关系？”

叶含铮想了想，说：“我们是一起长大的。”

吴林皱眉：“竹马？”

叶含铮笑着说：“不是，只是我小时候，在陆家生活过一段时间。”

跟陆家相熟，且姓叶的人家似乎没有，吴林实在想不出他为什么会在陆家生活，想要继续问，叶含铮却先问了他。

“您是陆总的助理？”

吴林没有表明过自己的身份，但通过叶含铮这两天的观察，应该八九不离十，果然吴林点了点头，说是。

叶含铮想知道过去那十年陆明霄是怎么度过的，口味有没有变，还喜不喜欢足球，起床时还会不会发脾气，想要通过别人嘴里的只言片语快点儿填满错过的空白，但吴林的手指敲了敲方向盘，什么都没说，只告诉他：“陆总这些年很辛苦，基本全年无休，每天睡眠都很少，经常住在办公室里。

“明明两年前可以松懈下来，他却不断跟董事会的人抗争，一定要把工作重心挪回A市。”

“说实话，这种行为对陆氏集团来讲，没有任何实质上的好处，也不知道他到底为了什么。”前面路口是红灯，吴林停车，盯着叶含铮，他敏锐地发现这个人在陆明霄心里不太一样，冷淡地说，“我毕业之后就去了陆氏集团，陪他同进同出，经历了很多风雨，在他最重要的这几年，始终站在他身边。”

叶含铮的表情果然变了变，吴林继续说：“虽然不知道他这么做的原因，但还是陪着他来到这里，算是背井离乡。”

绿灯亮了，吴林的语气也变了，变成之前的客气有礼：“不过A市确实离我家很远，回去一趟要坐飞机花好几个小时。”他把叶含铮送到“盛昌科技”楼下，说了声“再见”就走了。

碰巧谢平也刚刚停好车，跑过来把车钥匙还给叶含铮：“总监？”

叶含铮有点儿走神，谢平又连着喊了两遍，他才反应过来，淡淡笑道：“辛苦了。”

谢平跟着叶含铮一起上楼，问道：“总监，我那个方案的事情，有眉目了吗？”

叶含铮说：“你先回去忙别的吧，这次的事情跟你的方案没什么关联，是毅风集团内部出了一些问题，具体进度先搁置一段时间，等合同续签之后再继续就好了。”

谢平连连感谢地出了电梯，叶含铮还要再坐一层。等迈出门的时候，发现人已经到了顶楼，他心里有事，就没急着下去，站在天台看着陆宅的方向。A市不算小，陆家的别墅又建在远郊的半山腰上，开车过去需要不短的时间，他这些年也忙，只有春节才能抽空过去看望傅叔和方姨他们，看看他和陆明霄小时候生活过的地方。其实很多记忆都模糊了，唯独对陆明霄的牵挂，一点也没变，还随着岁月的沉淀，越来越深。

叶含铮心中是一阵久违的悸动，他也想知道陆明霄为什么回来，会不会是他……不敢想的那样。

晚上十点，陆明霄还在忙，A 市本部领导层一个都没走，老老实实地坐在会议室等着下班，其实早就散会了，但是陆明霄不走，他们也不敢走。一位上了岁数的部门经理忍着哈欠眼泪横流，偷偷扒拉手机，公司高层的聊天群已经炸开了锅，主力军是后排那些藏得深的。

林经理说："陆总这是给咱们下马威吗？"

夏主管说："不应该吧，他还用给谁下马威啊，我早就俯首称臣了。"

翟经理说："走也行吧？不是早没事了吗？我觉得他没开口让咱们出去就是单纯地不想说废话。"

冯部长说："那倒是走啊，谁起个头？我看张老头困得都要昏厥过去了，给老人家一点儿睡眠时间吧。"

赵经理说："他不说话谁敢动？工作狂果然名不虚传，怪不得年纪轻轻能扛下陆氏集团，自愧不如。"

王总监说："不过我觉得陆总也想走了，我发现他偷瞥了好几次手机了。"

孙经理说："对对对，又看手机了又看手机了！"

沈特助说："到底是在等谁的电话啊？算我求求他了，快点儿把人拖走吧。"

"嘟嘟嘟"几声，陆明霄的手机终于响了，十几双眼睛齐刷刷地看了过去，像看到了救世主。陆明霄合上文件，拿过手机瞥了一眼，上面是一条叶含铮发来的短信，问他下班了没有。

陆总从容不迫地回复：“还没。”

叶含铮说：“还要很久吗？”

确实还有几份文件没看，陆明霄回：“嗯。”

叶含铮说：“我今天下班早，回到家给你煲了点儿汤，帮你放在前台好吗？”

等了两分钟，陆明霄一直没有回复，叶含铮提着一个保温盒，站在车外徘徊，陆氏集团大楼的管理很严，外人没有预约一律不能进去。叶含铮搓了搓手，突然看到旋转门内走出来一个人，急忙迎上去说：“明霄！”

陆明霄问：“你什么时候来的？”

“刚来一会儿，”叶含铮把保温盒递过去，“煲的时间不长，不过味道应该不错。”

陆明霄刚接到手里，脸色就变了，问他：“到底来了多久？”保温盒的外壳冻得冰凉，根本不是一时半会儿的工夫。

叶含铮说：“真的没多久。”

“说谎。”

他向来瞒不过陆明霄，只好竖起手指说：“两……两个小时。”

“两个小时前就来了，为什么现在才告诉我？”

“因为我觉得那个时候你应该在忙。”

陆明霄黑脸：“既然知道我在忙，为什么不晚点儿再来？”

叶含铮眨了眨眼，小声说：“因为我想离你近一点儿。”

陆明霄怔了怔，把脸扭到一旁，嫌弃地说：“你还真是一点儿都没变。”

叶含铮笑吟吟地说：“我不敢变，我怕我变了，等你回来时，就认不出我了。”

高层们陆陆续续地从会议室走出来，想探头看看陆明霄跑出去接的那个人长什么样，但对面办公室关得严严实实，谁都没能看见。秘书小姐姓岳，也是这次跟着回来的其中之一，收拾着陆明霄没看完的文件准备给他送过去，吴林走进来说：“我去送吧，你早点儿回家。”

岳小姐说了声：“谢谢。”但没有把文件交给吴林，而是穿着高跟鞋“嗒嗒”走了。

吴林刚刚在忙，不知道陆明霄下楼的事，这会儿忙完了，办公室的门也关上了，他想知道这么晚谁还会过来，快步拦住岳小姐说：“给我，我去送。”

岳小姐对他没有一点儿好感，他们算是同期进的公司，吴林心眼儿不好，家里有背景，听说还是某位老董事的孙子。关系户其实无所谓，毕竟能投这份胎，就能享这份权，进公司是容易些，但陆氏集团向来讲究公平竞争，吴林靠关系进来也是从底层做起，他们这些基层员工晋升本来就十分困难，总经理秘书和特助这种又都是争破头的岗位，岳小姐能留下全凭自己有能力，但是吴林晋升用了多少阴招，岳小姐全都看在眼里。

她没再理吴林，把文件送到陆明霄的办公室，带着一众高层的嘱托，好奇地看了一眼坐在沙发上的人，又准备了一壶咖啡，才走了出去。

陆总的办公室很大，宽敞的落地窗可以俯瞰整座 A 市的夜景。叶含铮把煲好的汤取出来，送到陆明霄面前，静静地陪他站了一会儿，就像小时候站在书房里陪着他看书一样。

“你去睡觉。”陆明霄没急着走，准备把手上的工作处理完，这样明天就能抽出时间，休息半天。

叶含铮的目光落在他变得宽厚且修长的手上，温声说：“明天周末，我可以等你忙完再睡。”

陆明霄说：“不行。”

忙完估计天都亮了，他又不想让叶含铮回家，态度强硬地让叶含铮去了书架后面的休息室，里面有床有被子，还有一间不算小的衣帽间，是为了应对加班太晚无法回家准备的。叶含铮的办公室也有，忙的时候会带去几件换洗衣服，凑合住几天。

拗不过陆明霄，叶含铮只能推门进去，床上放了四五套崭新的西装，估计刚送来不久，还没来得及穿。叶含铮帮着陆明霄把衣服挂起来，发现幽暗的衣帽间里满满当当，根本不是换洗的那么几件，领带、手表、衬衫、皮鞋，好像陆明霄所有的私人衣物都放在公司里。他知道陆家别墅那么远，下班之后明霄应该不会回去，但没想到，他似乎就住在这里。

果然，浴室里洗漱用品也一应俱全，甚至还有一间小小的开放式厨房，油盐酱醋都是新买的，没人收拾，应该送进来就匆匆走了。

明霄会做饭了吗？叶含铮想起陆明霄走前做的那顿饭，不禁有些心疼，明霄从小衣来伸手，饭来张口，这些年又都在忙工作，哪有空闲的时间去学做饭？

没有人照顾他吗？

叶含铮躺在床上辗转反侧，还是想出去陪着陆明霄。他还没来得及起身，陆明霄已经快他一步，推门进来站在了床边。

应该是忙完了要躺下休息，叶含铮老老实实地闭着眼睛，没再发出声音，虽然很想跟他说说话，但又不想耽误他的睡眠时间，没想到陆明霄只是进来站了一会儿，把西装外套盖在了他的身上，又走了出去。

室内温度很高，叶含铮没有睡衣可换，又不想弄脏陆明霄的被子，所以没有盖，但此时熟悉的温度包裹在身上，像是很多年前两个人陪伴着彼此。他攥着陆明霄的西装，鼻子微酸，不敢睁开眼睛，怕长久以来的想念，就这么顺着眼眶，流到干净的枕头上。

第二天早上六点左右，叶含铮醒了，拿着陆明霄的外套走了出去。陆总真的忙了一宿，昨天秘书小姐帮忙泡的咖啡已经喝完了，正靠在椅子上小憩。叶含铮尽量放低了声音，但他还是听到了，揉了揉眉心站起来说："等我一下，我去洗漱。"

叶含铮想要帮他，站在琳琅满目的衣帽间，却不知道明霄应该穿什么衣服，长久不见面，无论心里有多深的牵挂，有些事情还是会变得陌生。叶含铮犹豫了许久，直到陆明霄出来，才听到他说："那件黑色的衬衫。"

"好。"叶含铮把衣服取下来，顿时语塞。

陆明霄正在擦头发，腰上围了一条浴巾，胸膛有完美的肌肉线条。

"叶含铮？"

"啊？"

"你傻什么呢？"陆明霄嗓子微哑，带着一夜没睡的倦意，皱着眉看他。

叶含铮赶忙摇了摇头，去浴室找来一块干净的毛巾，帮他擦背，说道："明霄，我们一会儿去吃早饭吧？"

陆明霄："嗯。"

叶含铮邀请："去我家吃吧？现在还早，到我家再准备也来得及，吃过饭你可以在那儿休息一会儿。下午还要上班吗？"

"嗯，"陆明霄说，"你买了房……子？"他这句话问得有些别扭，前四个字像是陈述，到最后一个字才加上疑问语气。

叶含铮没在意，点点头，想起还站在他背后，又出声说："前两年才买的，不是很大。"

但足够两个人住。

他把毛巾放在一旁，又把衬衫递给陆明霄，陆明霄没接，看着他问："累吗？"

"嗯？"

A 市的房子不便宜，不算上学那段时间，叶含铮工作也才六七年，就能买下一套属于自己的房子，他工作有多拼命，可想而知。

"我是说你的工作。"陆明霄擦干头发，又调亮了衣帽间的灯，拿出一条裤子。

"虽然有时候会加班，但跟你的工作量比起来，根本不算什么。"叶含铮跟在他身后，看了看明亮的灯光，想起在云顶山庄的那个晚上，问道，"你的夜盲症好了吗？"

陆明霄说："我那是遗传，怎么可能会好？"

叶含铮疑惑："那你现在睡觉，为什么不开灯？如果晚上起来，看不到了怎么办？"

这个问题明显让陆明霄一愣，虎着脸让他转过身，就要扯浴巾。

叶含铮急忙背过去，连带刚刚那个问题也跟着跑到了九霄云外。

陆明霄"哼"了一声，穿上衣服，戴上手表。

第九章

亲爱的铮铮，毕业快乐

叶含铮的房子距离陆氏集团的办公大楼不是很远，开车只需要20分钟，他当时特意买的这里，就是想离陆明霄近一点儿。

下楼的时候天灰蒙蒙的，还没亮透，叶含铮为陆明霄拉开后排的车门，却眼睁睁看着他坐进了副驾驶位。“车也是自己买的？”陆明霄问。

叶含铮把后座上的小毯子拿出来，绕到了他的旁边。这辆车买来的时候毯子就放进去了，总想着有一天陆明霄坐在车上，可以靠在后面睡觉，谁能想到这一天终于来了，陆明霄却不想坐在后排。

“车子买得比较早，前几年需要出差，为了方便一些，就买了一辆。”主要是为了多出几趟差，公司虽然是徐州的，但是他比徐总更想让公司发展得好，这样就可以多赚些钱，尽早达成他的目标。

陆明霄系上安全带，把毯子盖在身上，又看到车窗前摆着十只形态各异的小恶龙，有两三只换了新衣服，还有两三只竟然是周年限定款，陆明霄随手拿起一只表情气哼哼的对视起来。叶含铮弯着眼睛说：“还记得这个吗？是当时何灿带我一起看的童话剧的主角，现在这个剧还在巡演，这只小恶龙也很受孩子们的欢迎，有好几次发售，我都没有抢到。”

陆明霄嫌弃地放回去说：“谁会记得这种幼稚的东西。你还记得何灿？”

叶含铮发动车子：“你不记得了吗？是夫人那位朋友家的小孙子。”

陆明霄凉飕飕地说了一句：“你倒是谁都记得挺清楚。”说着不太高兴地闭上了眼睛。

早上不堵车，十几分钟就到了叶含铮家里。陆明霄把毯子放在一边，跟着叶含铮从车上下来。小区很新，虽然到了秋天，但依旧能看出来小区绿化不错。由于地下车库前阵子出了一点问题，只能带着陆明霄多走几步路，到 12 号楼 3 单元才一起上了电梯，按下了 27 层。

陆明霄嘴角掩着笑，让人察觉不到，问道：“买这么高？”

“嗯，因为……这串数字。”

不是因为采光，也不是因为户型，叶含铮没为这个奇怪的理由多解释，拿出钥匙打开了门，简单干净的两室一厅，乳白的墙面，浅灰的沙发。餐桌上摆着一个透明的花瓶，里面还养了一棵水培的绿植，这两天又长出了一片嫩绿色的叶子，微微卷着，还没展开。阳台上有一个熟悉的花盆，里面的植物到了春天会开出白色的小花，有安神助眠的功效。

叶含铮拿了一双拖鞋，是早就为陆明霄准备好的，他不知道明霄的具体鞋码，只记得陆明霄比他的脚要大出三个码，所以每年一双，都是根据自己的尺码递增的，这双穿在陆明霄的脚上刚刚好。叶含铮脱下外套开心地说：“你先休息一会儿，我去做早饭。”

他跟方姨学的那些手艺至今还都记得，工作不忙的时候也不怎么出门，窝在家里钻研厨艺，随随便便一顿早饭，做出了好几种花样，也没浪费太多时间，想要陆明霄吃完赶快休息。

“你不坐下？”陆明霄拿起筷子抬眼，看到叶含铮系着围裙傻傻地站在他的对面。不算分开的这些年，他们认识的时间也不算短，但两个人同桌吃饭的次数，只有离别前的那一顿。听到明霄开口，叶含铮才意识到已经不在陆家了，匆匆拿了自己的碗筷，坐在陆明霄对面，笑着帮他夹了一块焦黄的鸡蛋。

好像一切都没有变，只是这十年来两个人背对着彼此，突然长大了而已。

原本还想休息半天，但陆明霄的工作实在太忙了，只在沙发上靠了一会儿，就接到岳小姐的电话，回了公司。叶含铮送完他回来，路上顺便去了一趟超市，买了不少新鲜的食材，还没放进后备箱，徐总也来了电话。

“学弟啊，杨家的事情我听说了。”

这件事叶含铮是想等他回来以后当面说，却没想到他提前得到了消息。续约的事情应该没什么问题，他们和毅风集团合作了这么久，就算换了东家，在不改变公司正常运营的情况下，应该可以继续合作。他那天听杨老先生的意思，只是卖了股份，经营上面不会有太大变动，于是说：“周一我准备先拿着合同去陆氏集团找相关负责人对接，学长暂时不用担……”

“什么不用担心，你知道陆氏集团那个新任总裁有多难搞吗？”徐州跟新婚妻子刚到机场，没有一点儿蜜月旅行回来后的惬意，正蹲在航站楼的厕所里抽烟，他原本没把这件事放在心上，就算和杨景再不对付，但两家长辈认识，各方权衡下来肯定是他的赢面大，他是想回来搬他老爹出面，结果杨家易主了，他就算把他姥爷搬出来，也不一定有用，“学弟……这么多年，我其实一直有事瞒着你。”

叶含铮问：“什么事？”

徐州说："我当时跟你说咱们公司是陆氏集团的重孙公司，实际上跟人家没有半点儿关系，我就是看中了你的能力，又发现你找了很多关于陆氏集团的招聘信息，就跟你瞎编了一句，但我绝对不是故意骗你的啊，主要是怕你不跟我创业，才出此下策。"

叶含铮"噗"地笑出来，还当是怎么回事，他来公司这么多年若连这点儿底都摸不清楚，那可真是白活十年，只是有些谎言没必要拆穿。他跟徐州说这事他知道，徐州还震惊了好一阵："那现在怎么办？我听说陆氏集团对于合作公司的筛选非常严格，他们要是看不上咱们可怎么办？"

叶含铮说："学长放心，周一我去拜访，需要什么资料，我这边配合提供就好了。"

虽然是跟陆氏集团合作，但这么小的问题，根本轮不到陆明霄出面，只要按正常流程去走就可以了。他站在超市门口，看着陆氏集团大楼，早饭邀约成功了，正想着如何邀请陆明霄过来吃晚饭的时候，刚放下的手机又响了起来，这次不是徐州，而是才分别不久的陆明霄，叶含铮立刻接通说："明霄？"

岳小姐正在准备视频会议，陆明霄回来得不太情愿，站在休息室门口徘徊了一会儿，顺手锁上了门，问叶含铮："你看到我的钥匙了吗？"

"什么钥匙？"

"休息室的钥匙。"

叶含铮把购物袋放进后备箱，去车里找："是什么样的？"

陆明霄回到办公桌前，打开抽屉，对着里面的一串钥匙形容："和车钥匙在一起，还有一个皮质的钥匙扣。"

对面传来一阵翻找的声音，陆明霄问："找到了吗？"

"奇怪，"叶含铮说，"没有啊，会不会丢在家里了？"

"不会，"陆明霄拿起钥匙随手一扔，丢进了垃圾桶，"下楼时我还见过它。"

叶含铮有些着急："休息室的门是锁住了吗？有备用钥匙吗？"

陆明霄瞥了一眼目瞪口呆的岳小姐，示意她出去，对着电话遗憾地说："没有备用。"

叶含铮说："那可怎么办？"

陆明霄说："没办法，看来以后只能去你家借宿了。"

借宿来得突然，叶含铮有些措手不及，虽然他早就为陆明霄准备好了房间，但没想到，见面的第三天，明霄就能住进来。

属于陆明霄的房间每天都会通风，被子每周都会抱到天台上晒一晒。衣柜里放着不同尺码的睡衣，全都去了标签洗得干干净净，叶含铮拿出一套陆明霄能穿的准备好。

他其实很想和陆明霄一个房间，可不知道分开这么久，明霄还习不习惯两个人住在一起，况且他们现在都已经是二十几岁的成年人了……

叶含铮犹豫了一会儿，最终拿着睡衣，回到了自己的卧室。

晚上十点左右，门铃响了，陆明霄是自己来的，没让他半夜再跑过去接，视频会议之后又处理了很多工作，文件看完了一批又送来一批，像是永无休止，回国之后更是连轴转了好几天，到了此刻，才真正松了口气。

叶含铮明显觉得他有些倦了，帮他脱了西装外套挂在衣架上，问："吃过晚饭了吗？"

"嗯。"陆明霄把手机关上扔到一边，刚想摘下手表放在鞋柜上，叶含铮抢先一步，抬起了他的手腕帮他按开表扣。

陆明霄垂下眼，疲累的目光里藏着一丝孩子气的喜悦。其实如果不回A市，他真的可以轻松很多，但他想回来，宁愿受这份多余的累，也想回来。

没说什么，陆明霄感觉很轻松，轻轻叹了口气。

叶含铮怔了怔，轻声问："累了吗？"

"嗯。"声音哑哑的，满脸疲累，像是下一秒就能睡过去。

明霄小时候最喜欢睡觉了，尤其到了冬天，恨不得从白天睡到晚上，谁吵他都不行。叶含铮心里担忧，直到陆明霄缓过来，去浴室洗澡，才把准备好的睡衣递给他。

"我睡哪个房间？"陆明霄洗漱好了走出来，问道。

叶含铮站在卧室门口，眨眨眼说："睡这边吧。"

陆明霄往里看："你的卧室？"

叶含铮点点头："床不算小，足够两个人睡的，而且我现在睡觉很老实，不会随便乱动。"

陆明霄觉得他这个习惯改得不好，瞥了眼对面那房间紧锁的房门，问道："这间是空的吗？"

"嗯，"叶含铮一双眼睛到处看，"里面什么都没有，钥匙丢了。"

常规的双人床上睡两个成年男人，并不是特别宽裕，尤其陆明霄这些年不知怎么长的，目测都快1.9米了，靠在床头看着房间里的摆设，活像房产证上写了他的名字，他才是这个家的主人。

灯下久别，一时无话，终于没有多余的事情干扰，两人又都不知道该说些什么了，像近乡情怯，离别时盼望着重逢，真的再相遇了，却又不知道怎么说出那些看不到摸不着的想念。

“你这些年……过得好吗？”叶含铮打破宁静，问陆明霄，虽然他在别人嘴里听到了大概，但还是想亲口问问。

陆明霄直白地说：“不太好。你呢？”

“我也……不太好，”叶含铮笑了笑，没等陆明霄继续问，就说起了这些年的过往，“我一直听你的话，安心地上完了大学，学费多半是做家教赚来的，因为找我帮忙补习的人很多，还惹了点儿麻烦，被外院的同学找碴儿，就是在那个时候认识了现在公司的老板。他叫徐州，他家里给了他一间快要倒闭的子公司，他就邀请我一起把公司救回来，现在发展得还算不错。每年就算再忙，都会回Q县看看，那里有曾经照顾我的叔和婶，也会抽时间回去看看傅叔和方姨。傅叔的白头发又多了，方姨买了染发膏，还送给他一管，那次我去看他，他让我帮他染头发，我染不好，弄得满手黑乎乎的，洗了好几天都没洗掉……”叶含铮说着说着，有些哽咽，就闭嘴了，其他时候都很好，这些年认识了很多新朋友，有惦记和关爱他的长辈，就是没有一点儿陆明霄的音信。

他低着头问：“你这些年，真的没有回来过吗？”

陆明霄“嗯”了一声，转头看向窗外。

他其实回来过两次。

一次是不顾阻拦地强行跑回来，只匆匆看了一眼，就被陆昊东威胁着带了回去。

还有一次是主动跟陆昊东做了交易，偷偷藏在明大的角落，参加了叶含铮的毕业典礼。

陆明霄这辈子没做过那么憋屈的事情，戴着帽子、口罩，把自己挡得严严实实，不知道的还以为是哪个明星亲临现场，准备在毕业晚会上登台演出。好不容易摆脱了一众奇异的目光，找到了叶含铮的位置，却不小心撞到有人趁着毕业，对他表白。

陆明霄永远记得那个女生，虽然不知道名字。

“叶学长，我……我喜欢你很久了，你能和我交往吗？”女生似乎比叶含铮小了一届，长长的头发、圆圆的眼睛，长得……

一点儿都不好看。陆明霄站在走廊的拐角处，心里如此评价。

叶含铮应该不是第一次接到她的表白，淡淡地拒绝道：“对不起，我暂时没有这方面的想法。”

女生红着眼睛说：“真的吗？”

叶含铮点点头。

“学长可以给我一个机会吗？”女生有些心急，马上就要分开了，这是她最后一次机会。

叶含铮说：“对不起！”

“为什么？学长为什么不能试着接受我呢？”女生的情绪近乎崩溃。叶含铮静静地等她平息下来，又说了一遍：“对不起！”

随后淡淡地笑起来，嘴角泛着甜：“因为我在等一个很重要的朋友，虽然不知道下一次见面的时间，更不知道再次见面会不会物是人非，但只要还活着，还有万分之一重逢的机会，我就想等等看。三年都过去了，也不怕再有下一个三年，或是三十年。”

他递给女生一包纸巾，转身回到教室，座位上不知是谁放了一束鲜花，上面插着一张卡片，写道：亲爱的铮铮，毕业快乐！

昨晚应该起了风，到了早上，树上的叶子都掉光了，叶含铮醒得早，他静静地看了陆明霄一会儿，像是要把之前错过的所有痕迹找补回来，可明霄除了更好看了，似乎没有任何变化，啊，有了，额角上多了一颗小小的痣，眉心上也多了一条浅浅的竖纹，就算此时放松了，展平了，还是能看出来。叶含铮心里希望这条竖纹以后都不要再加深了……

一个小时后，陆明霄从床上坐起来。叶含铮早就洗漱完了，正在准备早餐，浴室里的毛巾、牙刷都是崭新的，杯子上还印着一个足球明星的照片，那是陆明霄小时候的偶像，后来学习忙起来就不再关注了，这种事情，估计也只有叶含铮能帮他记得。

周日，他们都要上班，陆明霄无人打扰地睡了一个晚上已经算休息过了。叶含铮去公司主要是因为徐州回国，到底放心不下毅风集团的事情，喊他过去想想对策。其实按常理来讲，是不需要什么对策的，毕竟两家公司实力相差巨大，除了按照陆氏集团要求的流程处理，没有其他方法。

吃过早饭两人一起下楼，叶含铮想先送陆明霄回公司，结果刚出了单元楼，就看到一辆黑色的轿车停在外面，是吴林。

其实吴林不该来，但还是抢了司机的工作，想来看看陆明霄这两天到底跟谁在一起。

“陆总，叶……先生？”

叶含铮颔首：“您好，吴助理。”

吴林礼貌道：“您好！”

陆明霄无所谓谁来接他，只要不耽误工作时间就行，但吴林停留在叶含铮身上的目光太久，让他不太高兴，黑着脸沉声说：“还不走？”

吴林赶忙点头，帮他拉开车门。

整整一天，叶含铮都在跟徐州开会。徐州是个还算努力的富二代，方额阔口，大眼浓眉，除了特别抠门以外，是一个非常讲义气的朋友。叶含铮的高中朋友都去了别的城市，虽然还有联系，但基本见不到面，毕竟都忙。小四眼读了博士，徐笙一毕业就出国了，现在是某家外企的高管。最不可思议的是乔可，他竟然真的成了一个小演员，叶含铮为了支持他的事业，每次都会看他拍的电视剧，一集不落。

傍晚，叶含铮从公司出来，拿着一些简单的资料，准备明天去陆明霄的公司拜访。叶含铮给陆明霄发了信息，问他今晚几点下班。到晚上十点左右，陆明霄才抽空回复，说还在忙。

看来……又要通宵了。

叶含铮没急着睡，而是去厨房提前准备好食材，定了凌晨四点的闹钟，准备爬起来煲汤，去陆明霄的公司时顺便带给他。

毅风集团如今的负责人姓秦，第二天，叶含铮把保温壶寄放在陆氏集团办公大楼的大厅，跟着助理小姐去了会客室。秦总监很好说话，对他也非常热情："我听杨老说了，你们两家已经合作了很多年，续约没有问题，但需要贵公司重新提供一些资料，更新一下存档。"

流程跟叶含铮猜想的差不多，他昨天就把资料准备好一起拿了过来。秦总监翻开看看，说了几点需要补充的，叶含铮记下来，刚准备告辞，转头就看到门口站着一个人。

秦总监站起来打招呼："吴特助，有什么事吗？"

吴林看着叶含铮说："没事，我是来找叶先生的。"

"哎呀？你们认识？"

叶含铮没说话，吴林点了点头。

秦总监说："那你们聊，我先出去。"

吴林抬手看表，对叶含铮说："十二点了，叶先生如果不嫌弃，一起吃个饭吧。"

陆氏集团的员工餐厅设在 17 楼，外面叫得上名的餐厅，都进驻这里。正赶上饭点，整整一层都是过来吃饭的员工，职位高一些的坐在各个店里，职位低的基层人员就坐在大厅。吴林带着叶含铮来得晚，只有大厅还剩几个空位，点了菜，就坐下等着，他俩根本不熟，也没有工作往来，不知道为什么要坐在一起吃饭。

吴林态度还算温和，等菜上来，跟叶含铮闲聊："叶先生今天过来是为了和毅风集团续约的事情？"

叶含铮说："是。"

"具体怎么操作，秦总监都跟你说过了吧？"

"已经解决了，感谢吴助理的关心。"

吴林拿起公筷给叶含铮夹了点儿菜，笑着说："这叫什么关心，就是觉得我和叶先生挺有缘的，之前我还跟你问了路，你记不记得？"

他改掉了"您"字，显然是要拉近关系。

叶含铮说："但我并没有帮上吴助理的忙，实在不好意思。"

吴林说："这又不能怪你，吃吧，刚刚要的这几道菜，味道都还不错。"

叶含铮客气地点点头，心里有些疑惑。他虽然识人不多，但多年的社会经验还是让他有所警惕，吴林这个人他倒是见过几次，但吴林不应该是这么一个热情好客的人，如果不是自己眼拙，那吴林就是抱着某些目的而来的，或许，和陆明霄有关。

电梯口那家店里坐着一群散会不久的高管，自从陆明霄回来，他们就没怎么轻松过，别说假期了，晚上十点之前下班都成了奢望。

“有时候觉得年轻真好啊，朝气蓬勃，还能面对干不完的活儿。”还是那位上了岁数的张经理，平时回家就爱喝点儿小酒，一忙起来整天住在休息室，连酒瓶子都摸不着了，今天实在忍不住，让小助理跑到外面的超市帮忙买了一小瓶，想要趁着午休偷一口。陆氏集团禁酒，哪怕是外出约谈客户，也得把酒味儿散除干净了再进公司。林经理正在玩手机，玩着玩着屏幕上突然弹出了一条信息，点开看了看，脸色惊变，立刻抢下张经理的酒，神色凝重地说：“别喝了，陆总来17楼视察了。”

陆明霄的到来引起了一大批骚动，所有人都放下手中餐具站起来，齐声喊“陆总”。叶含铮也听到了，回过头，发现陆明霄正大步流星地走过来，他站起来叫了声：“明霄。”

陆明霄应了一句，随手脱了外套递给他，问：“来了怎么不说一声？”

叶含铮帮他整理好，挂在椅背上：“过来处理一点儿公事，怕打扰你工作，就没提前告诉你。”

陆明霄问：“杨毅风的事？”

“嗯，你知道啊？”

“他生日那天晚上跟我说了。”

大厅里寂静无声，叶含铮发现几百双眼睛同时聚在他们身上，没一个敢动筷子，便拽了拽陆明霄的衣角，小声说：“明霄，咱们先坐下说吧。”

陆明霄应了，坐在他旁边，全程没看吴林一眼。叶含铮的处境有些尴尬，按道理来讲不应该由他来请吴林坐下，但这顿饭是吴林请的，暂且不论他有什么目的，基本的礼貌还是要有，总不好让人家一直看着。叶含铮往陆明霄身边凑了凑，趴在他耳边说："吴助理还站着，让他坐下吧。"

陆明霄像才想起吴林，淡淡瞥了他一眼，说："坐。"

此时，岳小姐气喘吁吁地跑上来，首先安抚了众员工的情绪，让他们放松心情坐下吃饭，又把叶含铮寄放在大厅的排骨汤拿过来放在桌上，才拐进了林经理所在的店里。林经理几个正探着头往外看，见到岳小姐问："到底怎么回事，陆总怎么来了？"

岳小姐跑得头发都乱了，一边重新绑皮筋一边跟着围观："刚刚秦总监上去送文件，顺便说了几句关于毅风集团的事，刚好谈到了那位叶先生，然后陆总问了几句，听说跟吴林在餐厅吃饭，扔下文件就找过来了，他那两条长腿累死我也追不上，高跟鞋都快跑断了。"

张经理不怎么看高层群，错过了前两天的一条重要信息，慢半拍地问："这位叶先生是谁啊？"

林经理说："就是上次开会，救咱们于水深火热的那一位。"

大厅里三人同桌，吴林感受到了前所未有的压迫感，自我安慰：陆明霄平时就是这样，估计今天工作处理得不太顺心，看起来才会更加严肃。

叶含铮帮陆明霄盛了一碗温热的汤。

"今天下班早，要回去住。"满桌的菜没有一道陆明霄喜欢的，喝了口汤说。

叶含铮点点头，拿过公筷夹了一片酸笋和几块瘦肉放在明霄的盘子里："那我回去准备晚饭，你要喝瘦肉粥吗？"

陆明霄嫌弃地说："不要皮蛋。"

"我没有加过皮蛋呀。"

"我只是提醒你一下。"

叶含铮笑吟吟地："不用提醒的，你的口味我记得清清楚楚，一辈子都不会忘。"

话音刚落，陆明霄突然看了一眼吴林，那眼神有说不出来的骄傲，还隐约带着一点儿炫耀。

林经理站在远处倒吸了一口凉气，结结巴巴地说："他……他他他还是我认识的陆总吗？"

岳小姐想起了那串被丢进垃圾桶的钥匙，沉默一会儿说："不是，可能以后都不是了。"

翟经理好奇："这位叶先生到底是谁啊？"

冯部长慧眼独具："我压一票老板的发小。"

张经理酒瓶子差点儿掉地上："什么？"

王总监也跟了陆明霄四五年："还别说，也不是没有可能，你们见陆总对谁这么和颜悦色过？平时跟个冷面阎罗似的，多跟我说一句话我都觉得是太阳打西边出来了，这会儿说多少句了？"

冯部长说："据我目测，绝对超过十句了。"

此时的陆明霄左手拿着汤勺，右手拿着筷子，吃得津津有味。

一众高层八卦得正开心，吴林坐在对面，终于忍受不了，站起来说："陆总、叶先生，我吃好了，先去忙了。"

陆明霄这次倒是挺痛快，点点头，让他走了。

到了下午，吴林去办公室汇报工作，努力安慰着自己，就算陆明霄和叶含铮的感情再好，那也是因为他们从小一起长大，分开多年突然再见才会显得亲密一些，根本代表不了什么，况且他现在比叶含铮有优势，他陪着陆明霄的年头也不短，而且人在公司，无论是日后相处的时间，还是彼此之间的距离，都是他更亲近陆明霄一些，所以他没什么可担心的。

放下资料，想留在办公室帮忙整理文件，却听到陆明霄难得叫了他一声，吴林赶忙抬头："陆总有什么吩咐？"

陆明霄开门见山，靠在椅背上跷起腿："我劝你离叶含铮远一点儿。"

吴林一怔，对上他充满敌意的目光："您……是不是误会什么了？"

"误会？"陆明霄问，"什么误会？"

"我……"吴林神情苦涩，还没说话，眼圈先红了，"我接近叶先生并不是对他有所企图，我只想从他身上多了解一些您的事情，我……陆总，我当年进入陆氏集团都是因为您。"

他本以为陆明霄会有所动容，结果却发现陆明霄笑了，问道："因为我？"

"是……"

"那你就更别想了。"

陆明霄站起来，嘴角上扬："叶先生8岁那年就绑着最漂亮的蝴蝶结，成了我最珍重的朋友，你想撬他的墙脚？是不是高看自己了？"

转眼到了深秋，昨天还下着雨，第二天一早就变成了白茫茫的雪。

忙完了和毅风集团续约的事，叶含铮把拖了两个月的年假休了，刚好陆明霄也忙过了最艰难的开端，闭门谢客。

"对不起，叶先生，我真的没有其他方法联系到陆总，才过来麻烦您。”

叶含铮正在打扫卫生，接到了岳小姐的电话，说没关系，又问：“您找他有什么急事吗？”

岳小姐说：“暂时还没有，只是想拜托您记录一下我的电话号码，免得有重要的事情联系不到。”

岳小姐根本没体验过陆明霄的任性，从来不知道这位成熟稳重、执掌陆氏集团“生杀大权”的上司，能做出这么草率的事情，陆明霄前两天看完手头上的最后一份文件，告诉她他要休息，并且要休一周，说完人就走了，连手机都扔给了她。

“顺便请您帮我提醒陆总一下，假期还有五天的时间了，希望他……能够准时回来上班。”

叶含铮挂断电话，轻轻推开卧室的门，陆明霄正抱着被子睡觉，半张脸陷进枕头里，平时一丝不苟的头发有点儿乱，挡着眼睛，露出好看的下颌。叶含铮没出声，带着笑把门关上了。果然，明霄还是老样子，像一只懒洋洋的、爱睡懒觉的大猫咪。

下午两点，陆明霄被饿醒了，睁开眼不想动，喊了一声“叶含铮”，没得到回应，只好起身出去找，却看到餐桌上放着一张便笺，原来叶含铮去超市买东西了。

餐桌上的饭菜还是温热的，应该没走多久。陆明霄醒来没见到人，不太高兴，去浴室洗漱时满脸写着“不像话，难道就不能等我醒了之后一起去买？”

吃完饭想要打个电话，又想起手机丢在了秘书那里，陆明霄独自在客厅转了一会儿，突然想到一件事。他瞥了一眼门口，走过去反锁上，又回了卧室。

来借住的第一天，陆明霄就发现卧室的衣柜上面，藏着一个可疑的行李箱，那箱子应该是从他家搬过来的，年代久远，却保存得很好。他把箱子拿下来，里面轻飘飘的，像是空无一物，但上着锁，还设了密码。

陆明霄第一眼看到这个箱子，就觉得里面放着某件重要的东西，虽然不能确定，但他还是想要打开验证一下。

箱子的钥匙就挂在锁扣上，轻轻一转就拧开了，但是密码他不知道，想了想轻笑一声，转了几个数字，0327。

……

没打开。

陆明霄的笑容渐渐消失了。

又转了一遍，还是没打开。

他皱了皱眉，蹲在地上又换了另外一串数字，1213。

是叶含铮的生日，但依旧没有打开。

奇怪，不是他们两人的生日，那会是什么？陆明霄想了半天，又试了几个密码，全都没中。原本还想继续试下去，门铃却突然响了，他急忙把箱子放回原位，抻了抻平整的睡衣，走过去开门。

叶含铮提着大包小包，奇怪地问："怎么把门反锁了？"

陆明霄帮忙接过一个袋子，镇定自若地说："不知道。"

他不想说，叶含铮也就弯着眼睛不再问了，脱了大衣，把买来的东西放在桌上，这次不仅去了超市，还去了一趟商场，里面有一些老年人需要的营养品。

陆明霄问："买这些东西要去哪儿？"

叶含铮从一个精致的盒子里拿出了一条深蓝色的围巾："明天想

回Q县看看，今年还没有回去过，叔和婶前几天打电话说想我了。”他把围巾的标签剪掉，送给陆明霄。

陆明霄没接，让他帮自己戴上，故意问：“只有你自己去？”

叶含铮认真地帮他系好围巾，笑着邀请：“你可以和我一起吗？Q县很漂亮，那里是我出生的地方。”

Q县这些年发展得很快，早就不是20年前的旧模样了，棚户区和筒子楼该拆的全都拆了。以前王婶家住的平瓦房更是没留下一点儿痕迹，老两口现在搬迁到新的小区，由于年纪大了，就把房子买到了一楼，三室一厅，给叶含铮留了一个房间，阳台前面是个小花园，里面种着陈叔喜欢的花花草草，还有王婶喜欢的小葱和白菜。两位老人今年已经八十岁了，王婶身体好，陈叔常年教书伏案，颈椎有点儿小问题，但也不严重。叶含铮收入稳定之后就给他们请了一位本地的阿姨，姓刘，四十几岁，和和气气的。

“还没到啊？”王婶穿着厚厚的棉袄从门外走进来，陈叔穿着毛坎肩站在阳台门口张望，他的背有些弯，戴着老花镜，手里卷着一本书。

王婶说：“没哪，我看天气预报说是A市下大雪了，路上不好走，慢点儿开车才好，不着急不着急。”嘴上是这么说，但一大早已经往外跑了四五趟了，刘阿姨正在准备午饭，帮她倒了一杯热水说：“估计就快到了，小叶真是孝顺啊，工作那么忙，还要每年回来看看你们。”如果有血缘关系，刘姨也就不说这话了，但叶含铮跟两位老人非亲非故，就听说是小时候带过几年，能把恩情记到现在，真是个不错的孩子。

刘姨现在跟二老熟悉了，便开口打听：“咱家小叶，多大了呀？”

王婶记得清楚：“27，下个月就28岁了。”

刘姨又问："我见小叶个子不矮，有 1.8 米不？"

王婶拜摆手："没有没有，才 1.78 米，大学没毕业就不长咯。"

刘姨还想接着问，门铃突然响了，王婶赶紧放下杯子去开门，看到叶含铮站在门口，一下子就笑开了花，抱着他说："哎哟，我的娃可算回来了，婶刚去接，怎么没看到你的车啊？"

叶含铮在路上又买了点儿东西，停在小超市门口，估计挡住了王婶的视线。他把东西放到地上，笑着说："都跟您说了不用去接我，外面太冷了，我又不会走丢。"

"别站在门口说话啊，快进来。"陈叔也笑着走过来，又发现叶含铮身后站着一个高大英俊的男人，问，"这位是？"

王婶这才发现还有别人，松开叶含铮，跟着陈叔一起端详着陆明霄。

叶含铮想了一路，也没想好应该怎么介绍陆明霄。

说是上司，也不知道明霄会不会喜欢，抬头看了他一眼，刚要张嘴，就见陆明霄难得主动开腔，跟王婶握手，郑重其事地说："您好，我是叶含铮的哥哥。"

"哥哥？"王婶想了想，"是那个同父异母的哥哥？"

陆明霄说："是。"

"哎哟，我知道我知道，这……这来了怎么不提前说一声呢？"王婶恍然大悟，赶忙邀请他们进屋，张罗着倒茶。

叶含铮没想到，他小时候为了让叔和婶安心随口说的谎话，陆明霄能记到现在，不禁有些惊讶地看着他。

陆明霄自然地搂住他的肩膀，挑了挑眉低声问："帮你解围了，要怎么谢我？"

叶含铮小声问："……想要我怎么谢？"

"叫声'哥哥'。"

叶含铮怔了怔，垂下眼叫了声："哥哥……"

陆明霄说："再叫一声。"

他便听话地又叫了声："哥哥。"

第十章

这就是我家

家里难得来了客人，两位老人非常高兴，就是看不出来这兄弟俩有哪点相似，想想倒也正常，毕竟不是一个母亲生的。

饭桌上，王婶亲切地问陆明霄："小陆是做什么的呀？"

听到这个称呼，叶含铮还没咽下去的饭粒差点儿卡住嗓子，急忙扭到一旁咳了两声，又偷偷看向陆明霄。陆明霄虽然没笑，但也没生气，跟王婶说："也是在 A 市上班。"

王婶早就知道叶芝兰傍了个大款，顶有钱的那种，所以这位小陆说是上班的，她一点儿都不信。她和叶含铮亲，心里必定想要了解了解真实情况，叶含铮从小乖巧听话，不会争抢，又是后抱回去的，这么多年，也不知道有没有吃过亏。

王婶不是文化人，虽然跟儒雅的陈叔过了一辈子，但可比陈叔务实多了，她帮陆明霄夹了点儿菜，犹豫了一会儿说："是……自己家开的公司吧？"

陆明霄点了点头，王婶夹的东西他不爱吃，就没动筷子。

王婶操心地问："那公司，现在是给谁管啊？"

陆明霄说："是我来管理。"

"哦，"王婶又夹了点儿青菜过去，斟酌地问，"那……有没有含铮的职位啊？我听说，他是在别人的公司上班呢，家里既然有公司为啥还……”

陈叔一听到这话，就知道王婶要往下说什么，赶紧撞了撞她的胳膊：“闭上嘴，快点儿吃饭。”

王婶也知道这么问不好，但不问她又放心不下，这位小陆虽然挺有礼貌，但看起来怪凶的。她想得远，怕以后要是分财产了，没有叶含铮的可怎么办？再加上叶芝兰的身份登不上台面，在有钱人家肯定要遭歧视。又看了看陆明霄，心里有点儿过意不去，觉得是自己太冲动了，想换个话茬儿，陆明霄却答道：“一直有他的职位。”

王婶说：“是啊？”

“这个您放心，他如果想去陆氏集团，随时都可以。”

王婶赶紧点头，忍了一会儿，还是忍不住问：“你们家，应该……不止一家公司吧？那到时候，我是说……”

“婶，”叶含铮把陆明霄盘子里的青菜全夹走了，帮他换成了蘑菇和瘦肉，温声说，“您别为我担心了。”

王婶不知道实情，问出来的问题不妥，也没办法过多地解释，叶含铮就是怕这些问题冲撞了陆明霄，惹他不高兴。

“唉，那……那我不问了，”王婶说，“小陆啊，你别跟我这乡下婆子一般见识，我知道你们家人对含铮都好，但我就是怕以后，我怕……算……算了，你权当婶什么都没说。”

陆明霄看碗里菜式变了，这才拿起筷子吃了一口，他对待外人冷淡惯了，今天还算好一些，说道：“您是想问财产分配的问题？”

“啊……”王婶没想到他这么直接，一时有点儿难堪，看了看陈叔。

老先生正皱着眉责备她，不好意思地跟陆明霄道歉：“陆先生真是对不起，我这婆姨心糙，你不要放在心上。”

"没事，"沉默几秒，陆明霄瞥了眼叶含铮，心情不错地说，"关于财产的事情，两位可以放心。按照法律规定，以后家里所有的东西，有一半是属于他的。他如果想要，全给他也行。"

具体哪条法律，陆明霄没有点明，但陈叔、王婶肯定知道。

叶含铮虽然跟着点头，却一定，不知道。

吃了午饭，王婶还在为自己的口快自责，叶含铮安慰了她几句，带陆明霄去了自己的卧室休息。房间很宽敞，家具都是老人喜欢的红木色。陆明霄随意参观，看到墙角的柜子上放着一个相框，里面有一个胖乎乎的糯米团子，穿着花棉袄，戴着毛线织的小红帽。

"这个是你？"他问叶含铮。

"嗯，"叶含铮走过来说，"是我的百天照。"

陆明霄淡淡"哦"了一声，又把相框放了回去。

叶含铮打开抽屉，拿出一本巴掌大的小相册，笑着问："要看看我小时候的照片吗？"

陆明霄没有兴致："你小时候我又不是没见过。"

叶含铮说："是8岁以前的。"

陆明霄勉为其难，跟着叶含铮一起坐在温热的木地板上。

厚厚的相册并没有放满，也就十几张照片。

但每个阶段都有，从满月照到一百天，再到幼儿园毕业，直到长成他们刚见面时的样子。大多数是在照相馆拍的，厚厚的底妆，额头点着圆圆的红点，咧着嘴露出一排整整齐齐的小白牙，笑得傻乎乎的。还有几张是在街上，当时Q县小学有一台老式的傻瓜相机，陈叔借过来用了一次，帮叶含铮拍了几张。

“那年陈叔已经退休了，但因为教得好，又被返聘了回去。”

陆明霄没搭腔，目光停留在一张照片上，背景是不太起眼的街景，说是街景，应该是陈叔没拍好，只留下叶含铮小小的半张脸和微微抬起的一只手，正扭着头往后看。

叶含铮也注意到了，回忆道：“这张应该是四五岁的时候，陈叔带我去逛新开的小吃街。”

那是Q县第一条真正意义上的商业街，宽宽的石板路两旁，建了一栋栋三层高的商业楼，街边还有很多卖玩具和零食的小摊贩。

他当时扭着头在看什么呢？叶含铮没什么印象了，等陆明霄挪开眼睛，又翻到了下一页。

“那条街还在吗？”陆明霄问。

叶含铮说：“在呀，不过也快拆了，现在应该没什么卖东西的店了。”

陆明霄说：“我要去。”

“啊？现在吗？”

“现在。”他向来说一不二，说去就必须去。

当年县里最红火的商业街，这会儿看起来有些萧条，错乱的电线挂在半空，上面蹲着几只不怕冷的麻雀。不少商户都已经迁走了，还剩下几家开着门，也没什么生意。有一家门前坐着一个胖乎乎的小男孩，正兴高采烈地玩着手机。

陆明霄在这家店附近停下来，不走了。

估计是和想象中的有些反差？叶含铮猜想着，笑着喊他：“明霄？”

陆明霄果然不太满意，皱着眉说：“干什么？”

“不如我们换个地方吧？待会儿要下雪了，我带去你山里抓真的叶胖啾好不好？”

陆明霄冷哼："幼稚。"

"那……我带你去我上过的小学看看怎么样？"

陆明霄拒绝："我没上过小学吗？不去。"

叶含铮一时有点儿为难，他留在Q县的记忆也不算多，想不出更好玩的地方带陆明霄去，如果是春夏还好，眼下冰天雪地，他又怕跑太远，陆明霄会觉得冷。刚想再换个地方，就见陆明霄抬手指着不远处的小超市："去帮我买瓶水。"

于是叶含铮进去买了一瓶热饮，再出来时，陆明霄站着的地方，就换了一个人，变成了那位玩游戏的小男孩。

叶含铮急忙跑过去问："你看到站在这里的叔叔去哪儿了吗？"

小男孩战战兢兢，手里攥着500块钱"巨款"，眼泪汪汪地说："叔叔让你在这里等他。"

陆明霄没拿手机，想联系也联系不上，叶含铮把温热的饮料送给小男孩，打算等陆明霄回来，再去买一瓶新的，免得放凉了冰到他。

他一个人无聊，又想起了那张照片，只看画面，似乎记不起什么了，但此时站在这条街上，又渐渐能想起来一些。

那天应该是个周末，小孩子特别多，叶含铮跟在陈叔的后面，拽着他的衣角，生怕走丢了。陈叔想背着他，但被他懂事地拒绝了，别人家的爸爸都是身体强壮的，但陈叔那时候就已经不年轻了。街上的人越来越多，除了新开的商店，沿街还有很多推着三轮车出来摆摊的，红彤彤的山楂果，热腾腾的糖栗子，烤红薯的炉灶里冒出白白的烟，熏得整条街都是香喷喷的。他馋得咽口水，陈叔回头问他："含铮吃不吃？"

他眨着眼睛说："叔我不吃，我不爱吃。"

“真的不吃吗？”陈叔拍着兜口说，“叔有钱。”

“真的不吃，”他咧开嘴笑，“我爱吃婶做的玉米饼，我们快回去吃饭吧！”

“那等叔再拍几张。”陈叔拿着相机转过头，他赶紧又咽了咽口水。

这时，起了一阵风，周围的孩子们激动地跳起来：“快看快看！风车转起来了！”

“啊啊啊！全都转起来了！好漂亮啊！”

他忍不住好奇，回头去看，果然看到五颜六色的风车插在木架上“吱呀吱呀”地转。

真的好漂亮啊，每一个颜色都不一样，看得人眼花缭乱，可转着转着，有一个突然停了下来。

他想伸手帮个忙，却发现那个遥远的风车，此时此刻，来到了他的面前。

“明……明霄……”

陆明霄不知去了哪里，出门时系好的围巾，有些散乱地挂在脖子上。

他看着叶含铮，面无表情地问：“你想要什么？”

叶含铮有些迷茫。

陆明霄说：“那张照片，你回过头是想要什么？”

叶含铮怔了怔，看到陆明霄另外的手里还提着一个袋子，里面放着不知从哪里买来的糖果和零食，眼圈一下子就红了。

“快点儿说，”陆明霄把脸扭到一边，有点儿别扭，“不要就丢给旁边的小孩，反正这种幼稚又难吃的东西留着也没……用……”

他勉强把话说完，就再也说不出第二句了。

照片上有风车，还有沿街的各种小吃、儿童玩具，只要是能看到的，陆明霄全都买了回来。他找了一个本地的司机师傅，沿着Q县绕了整整一圈，幸好这几年又开始流行起童年玩具，有些不好买的，也被找了出来。

其实陆明霄也不知道当时的叶含铮想要什么。

但无论要什么，他都想亲自送给叶含铮。

手提袋随着落下来的雪花一起掉在地上，滚出来一串用纸袋包装好的糖葫芦。小男孩冻得脸都红了，见到严肃的高个子叔叔回来，飞快地跑回家，头也不敢回。

陆明霄回过神来，叶含铮正静静地看他，眼眶里含着少有的眼泪，一眨，全都掉下来了。叶含铮很少哭，至少在他们相处的那些年里，他真正哭过的次数屈指可数。

陆明霄皱眉，叶含铮的眼神像极了那张照片里的眼神，带着纯粹的喜欢和无法触及的渴望，陆明霄心口发紧，问他："你到底想要什么？"

叶含铮说："明霄……"

"什么？"

"我想要一直做你最好的朋友，可以吗？"他的眼泪又掉了下来，强忍着也不行，嘴角紧张地颤抖。许久，才听到陆明霄回应。

"行。"

下午五六点钟，天已经黑透了，刘姨正在准备晚饭，还有两个菜没有下锅，怕做早了，等人回来全都凉了，看见王婶那边挂断电话，擦了擦手问："快回来了吧？"

王婶说：“快了快了。”

刘姨说：“那我就都炒了。”

“欸。”王婶过去帮忙，说是帮忙，她那么大年纪，刘姨也不敢让她动手，就是陪她聊天，又说起了叶含铮的事情，这回倒也直白，没怎么拐外抹角：“婶子，咱家小叶，有对象了不？”

“还没呢，”说到这个问题，王婶又开始操心了，愁眉不展地，“他忙。”

刘姨问：“是真忙，还是不想相亲，找的借口啊？”

“忙是真的忙，但是一年三百来天呢，总得有个把月的空闲吧，”王婶问刘姨，“你是想给娃介绍对象啊？”

刘姨说：“是，我看小叶挺优秀的，我有个侄女也在A市上班，就想着小叶要是没对象呢，就介绍两人认识认识，看看成不成。”

王婶迟疑了半晌，念叨：“事是好事，但那孩子心里头暂时好像没这方面的想法。”

“啊？”刘姨说，“这样啊……”

刘姨犹豫了：“那……提还是不提啊？”

“要不吃饭的时候我帮你问问吧。”王婶想了想，午饭时自己就说错话了，拽着刚路过厨房的陈叔进来：“要不你说。”

陈叔有点儿蒙，王婶又把事情跟他说了一遍。

但陈叔不愿意问，毕竟找不找对象那是孩子的自由，又不傻不茶的，想找早就找了，不找肯定有原因，问也是白问，可又架不住王婶一个劲儿叨叨，只能不情不愿地应下了。

没一会儿，叶含铮和陆明霄开门进来。外面黑漆漆的，雪下得不小，叶含铮帮着陆明霄清理身上的雪花，王婶在一旁看着，心想两个孩子确实相处得不错，要是叶含铮还拗着不找，就让当哥哥的帮忙说说。

王婶又瞅了陈叔一眼，像是告诉他待会儿别忘了正事。

刘姨炒好了最后一道菜端上桌，又帮每人盛了一碗饭，才回到厨房。她平时跟二老一起吃，但是今天有客，就不掺和了，站在门口，听陈叔咳了一声："含铮啊，你婶让我问你……"

"不是我让问的！"王婶气得碗都要扔了，小声说，"是你自己要问的。"

陈叔说："哦，是我要问的。"

叶含铮"噗"地笑出来，先把陆明霄碗里的白饭，换成了粥，才说："叔想问我什么？"

陈叔说："你刘姨有个侄女在A市上班，你想不想认识一下？"

王婶这才开始插嘴："是啊，听刘姨说也是个高才生呢，细高挑儿，长得可漂亮了。"

叶含铮知道王婶又要提相亲的事情了，以前也提过几次，但都被他拒绝了，刚要开口回绝，就听坐在旁边的陆明霄抢先一步，黑着脸说："他不想认识。"

"啊？"王婶一怔，见叶含铮跟着点头，心里遗憾，看来这位哥哥是帮不上忙了，又语重心长地说，"那也不能总这样吧，你再过几年就30岁了，你叔我俩也都快入土了，你总得找个伴儿，让我们安心吧？"

叶含铮看了一眼陆明霄，笑着说："您知道我的。"

王婶说："知道归知道，可是……"

陆明霄莫名地咳嗽一声，叶含铮冲他眨了眨眼，扯开了话题。

在Q县住了两天，第三天原本计划着回A市看看傅叔，一大早，徐州的电话却不合时宜地打了过来。

这个电话算是意料之中，工作至今，叶含铮还没有完整地休过一次年假，以前无所谓，毕竟自己一个人，上班或是休息都没有任何区别，甚至觉得工作更加重要。

但如今陆明霄回来了，他就有点儿……想偷懒了……

电话响了好几声，叶含铮才接起来，如果不是特别重要的事情，他想先推掉，至少等陆明霄上班之后再去处理。

“学弟！我真的没想打扰你，但哥实在没办法了，你这次必须帮我。”

好吧。

还没说什么事情，就彻底断了他要推辞的后路，叶含铮看了一眼靠在柜子前的陆明霄，回过头丧气地问：“怎么了学长？公司出了什么事吗？”

徐州说：“不是公司的事情，是我自己的事。”

私事倒是少见，叶含铮问怎么了。

徐州说：“前几天我爸不知道从哪儿找来两张私人聚会的邀请函，说让我过去见见世面，开始我没当回事，就想着过去喝个酒还能认识点儿新客户，谁想到看了一眼应邀名单，全都是这几年迅速崛起的圈内新贵，还有很多不靠父母帮衬也能青出于蓝的青年励志企业家。”

叶含铮说：“这不是挺好的吗？”刚说完，陆明霄就从后面拍了拍他的肩膀，叶含铮捂着话筒小声问：“怎么了？”

陆明霄背着一只手，说：“车钥匙。”

叶含铮帮他去拿，继续听徐州说：“有什么好的，你知道那一个个都是什么厉害的人物吗？全都不到30岁，如果说我们这一辈的金字塔塔尖是陆氏集团的陆明霄，那参加这个聚会的人就是塔尖往下那么一点点的种群，虽然可能会有少许断层，但也绝对不会差到哪儿去。我去了哪是为了见世面的，纯粹就是去丢人现眼的。”

叶含铮目送接过车钥匙的“塔尖”出门，发现他手上遮遮掩掩的似乎拿着什么东西。徐州问：“学弟？”

“啊，我在听，”叶含铮没看清，问道，“那可以推掉吗？”

“不行，”徐总是个孝子，“我爸不定去哪儿低三下四求人弄来的，所以我必须去，你也得跟我一起。”

“可是……”

“不能拒绝，”徐州说，“别忘了哥曾经为你两肋插刀！今晚就走，机场等你。”

徐州让他跟着，无非就是要找个差不多的垫背。叶含铮挂了电话走到门外，陆明霄已经把车里的空调打开了，正闭着眼睛休息。后备箱里放着王婶准备的特产，没让他们出门送，直接上了高速公路。

半个小时后陆明霄睁眼了，叶含铮把即将出差的事情告诉他。

陆明霄显然已经猜到了，虽然不太高兴，但也没说什么，只是问：“去几天？”

叶含铮说：“大概要一周。”

陆明霄瞥了他一眼，不说话了。

去机场之前，还要先回家收拾行李，时间有点儿紧迫，叶含铮拿出一个行李箱，去浴室准备洗漱包。

陆明霄始终没开口，站在行李箱旁边黑着脸。对于经常需要出差的工作来讲，一周的时间并不长。

可是两人分别太久了，又好不容易重逢，哪怕再多一分钟的离别，都觉得漫长。

陆明霄没见过徐州，但他知道，大学四年里，徐州对叶含铮非常照顾，虽然是看中了叶含铮的工作能力，带着拉拢的目的，但确实帮了叶含铮不少忙，所以就算陆明霄心里再不愿意，也不会找多余的借口拦着不让叶含铮去。但他又是真的不愿意，想了想，突然抬起左脚，在行李箱上面比了比。

叶含铮拿着洗漱包出来，看见陆明霄单腿站着，问道："怎么了？"

陆明霄没好气地说："你的行李箱是不是太小了？"

"啊？"叶含铮说，"这个尺寸刚好可以登机呀。"

陆明霄冷哼了一声，走到一旁让他放东西。这时，徐州又打电话来催，叶含铮看了眼时间确实不早了，提着箱子站起来，陆明霄门神一样堵在门口，抬了抬下巴。

叶含铮忍不住笑，轻声问："可以每天打电话吗？"

陆明霄这才让开，勉强地说："好吧。"

第二天一早，岳小姐准时到了公司，每天第一件事，都要去陆明霄的办公室简单收拾一下，虽然上司这两天休息，但是该做的事情还是要做，谁想到一开门，陆总竟然来了，正在看这几天堆积的文件。

岳小姐赶忙把手机还给他，然后简单报告了最近的工作进度，到了年底，除了各部门的重要总结，没什么大事，但有几场会议要开，她都帮忙推后了。不过陆明霄既然来了，就打算提前安排。

陆明霄同意，拿着几份有问题的报告去了会议室。

岳小姐赶紧去煮咖啡，又在高层群里发了一条"陆总来了"的提醒，接着收拾办公桌。文件被翻过了，有点儿乱，鼠标旁边多了一个发旧的小本子，看大小似乎是一本相册，她有点儿好奇，但没敢乱翻，规规矩矩地帮忙放好，却不小心碰亮了电脑屏幕，看到了一行文字。

瞬间，岳小姐呆住了。

屏幕上的内容跟工作无关，是某个搜索引擎的问答页面，账号应该是新注册的，名字估计也没费心思。

这都不是重点，岳小姐揉了揉眼睛，又看了一遍上面提出的问题，摸着额头，确定自己没有发烧，镇定地走了出去。

屏幕还亮着，上面的问题是“怎么样才能在不损伤身体的情况下，藏进朋友的行李箱？”

陆明霄处理好手上的工作，回了办公室，翻看岳小姐刚刚送来的行程表，简单修改了一下，问道：“最近辰溪镇有一场私人聚会，是何家举办的？”

岳小姐想了想，说：“是的。”

陆明霄问：“没给我递邀请函？”

岳小姐说：“何总亲自打电话过来请了，但您当时正在休息，就跟以往一样推掉了。”

陆明霄点了点头，合上电脑，拿出岳小姐从垃圾桶里捡回来的钥匙，打开了休息室的门。岳小姐见他收拾行李，问道：“陆总这次要去？”

“嗯，”陆明霄说，“你去下张拜帖，说我今晚过去。”

辰溪镇并不是行政区划单元上的一个镇，这里跟杨老先生的云顶山庄一样，都是为了接待重要客人所准备的度假区，但要比云顶山庄大很多，马场、球场等，应有尽有。类似这种地方，叶含铮以前也去过几次，不过全都为了谈客户，匆匆忙忙，从没停留过。

这次不为公事，吃过午饭，叶含铮跟着徐州到处走了走，他们来得算早，还有很多人没到。徐总看着太阳不错，带着球杆儿去了距离酒店不太远的高尔夫球场，挥了几杆。

打得非常一般，胜在动作能看。

“怎么心不在焉的？”又挥空了一杆，徐州不打了，走到叶含铮身旁，拿起挂在球车上的水喝了一口。

“没事，”叶含铮摇头，“学长昨天说这场聚会是何家举办的？”

“嗯，好像每年都有，只是咱们不够格，收不到邀请而已。”

叶含铮说：“何家现在的管理者是何耀先生吗？”

徐州说：“是，他还有个弟弟，不过听说搞艺术去了。”

这位弟弟，应该就是小时候见过面的何灿，一晃也十几年了，也不知道在这里会不会遇到他。

正想着，有人开着一辆高尔夫球车停在他们身边，上面坐着一个20多岁的年轻男人，有点儿瘦，穿了一件绿色的套头卫衣。

他和叶含铮对视了几秒，问道：“你是不是姓叶？”

叶含铮笑着点头：“是，好久不见，何灿。”

“天啊！还真的是你？你怎么在这里？”何灿从车上跳下来，听叶含铮简单说了缘由，恍然大悟，又看了他半晌，感叹道，“你竟然没怎么变。”

叶含铮颔首：“您也是。”

徐州没想到他们认识，想偷偷问清楚是在哪儿攀的关系，何灿就把人带走了，说是叙旧。

其实他们之间也没什么可说的，除了一起看了场童话剧，再没有更多了。

“你这些年怎么样？”随便找了一家咖啡厅，何灿挺高兴地说，“还在A市工作吗？”

叶含铮说：“是，一直没有离开过。”

“我也好多年没去过A市了，自从程奶奶他们在国外定居以后，就更没去过了。”何灿似乎知道叶含铮离开了陆家的事情，斟酌了一会儿，问道，“明霄哥也回国了，你知道吗？”

叶含铮温声说：“知道，我们已经见过了。”提到陆明霄，他又走神了，时间过得好慢啊，第一天竟然才过了一半……

人真的很奇怪，明明10年都坚强地挺过去了，这才分开一个晚上，就觉得受不了了。

何灿对他的印象一直很好，看出他似乎有点儿难过，想了想说：“你和明霄哥的事情我大概知道一点儿。”

“你也知道我祖母跟程奶奶关系好，所以偶尔会过去看看，”何灿挺不好意思地说，“其实我当时得知他们要在国外定居，还没带着你，高兴了好几天。”

叶含铮疑惑地问：“为什么？”

提起这件事，何灿有点儿犹豫，但想了想，也过去这么多年了，还是说：“因为我小时候崇拜明霄哥，他多厉害啊，比我亲哥可厉害多了，所以就算他当时凶巴巴的，我也挺佩服他的，还想着你没跟在他身边，我就可以乘虚而入跟他做好朋友了，结果发现根本就是我想多了。”

何灿挫败道：“如果不是我见过他为你冲进黑漆漆的放映厅，我真觉得他可能是个没有感情的冷血动物。说了你不要生气，我当时还刻意去模仿你来着，结果他就对我说了一个字，让我滚！”

叶含铮眨了眨眼，能想象到当时的画面。

何灿愤愤地说："再怎么样我也是一片真心，不接受就不能好好拒绝吗？但他真的就不会给别人一点儿机会。那几年程奶奶也着急，因为明霄哥就只会工作工作工作，根本就是超负荷。有一次干脆就晕倒在书房，吓得程奶奶也跟着进了医院。"

他看叶含铮握着咖啡杯的手指稍稍用力，解释道："我跟你说这些，并没有别的意思，只是想告诉你，他当时离开 A 市是有原因的，你千万不要怪他。"

"我知道。"叶含铮今天穿了一件白色的毛衣，坐在窗前，被阳光包裹着，有种说不出来的温柔。

"你知道？"何灿惊讶道，"你怎么知道的？陆叔叔不让到处说，如果不是程奶奶急了，要知道缘由，估计我也不知道呢。"

叶含铮笑道："没人跟我说，是我猜的。"

其实再明显不过了，陆明霄走了，传言也没了。胡哲和那群莫名其妙跟着找碴儿的混混因为多次闹事，屡教不改，这次直接被学校退学了，再也没有出现过。

似乎没有任何办法能改变的闹剧，突然就平息了下去，就连网络上关于叶芝兰的信息，也查不到了。

所以他知道，陆明霄是为了他，才选择离开。

到了晚上，何灿又邀请叶含铮一起吃了饭，直到九点左右，才回到酒店大厅。叶含铮戳着手机，先给陆明霄发了条信息，问他是不是还在忙工作，陆明霄没回，过了几分钟直接打了电话过来。

他似乎在走路，隐约可以听到行李箱滚动的声音，叶含铮问："下班了吗？"

陆明霄应了一声。

叶含铮又问："那回家了吗？"

陆明霄说："刚到门口。"

叶含铮开心地说："到家可以改成视频通话吗？"

陆明霄说："你要是喜欢，也可以。"

叶含铮说："那你等等我，我很快就到房间了！"

他急匆匆跑进电梯，看着楼层一点点攀升，直到"叮"的一声，跑了出来，却猛然发现，陆明霄站在客房门口，身边还放着一个行李箱。

叶含铮举着电话，怔怔地问："你……不是回家了吗？"

陆明霄也没有挂断，对着话筒不讲道理地说："这就是我家。"

第二天早上，徐州过来找叶含铮吃饭，想先问问昨天的八卦，顺便告诉他这趟没白来，还能见见传说中的金字塔塔尖。

按下门铃，等了十几秒才有人过来开门，不是叶含铮，而是个陌生人。徐州眨了眨眼，扭头确认了一遍门牌号，问道："你是？"

正疑惑着，叶含铮穿戴整齐地从那人身后走出来，笑着说："学长，这位是陆明霄，我从小到大最好的朋友。"

叶含铮有位特别珍重的好友这件事，徐州早就知道。

但这个朋友竟然是陆明霄？

让徐总敞开了想，他都想不到。

未来一周的天气都很好，徐州战战兢兢地跟着陆总吃了顿早餐，又跟叶含铮一起到了马场，徐州想骑马，叶含铮过来作陪。

陆明霄觉得无聊，坐在远处的休息亭下晒太阳。

徐州这会儿终于缓过来了，问叶含铮："所以这么多年，你一直在等的人就是陆明霄？”

叶含铮点了点头，接过工作人员递过来的缰绳，蹬上马背，他骑得不是很好，但慢慢悠悠地走应该没什么关系。他知道徐州有很多疑问，想了想，就把上大学之前的事情说了一遍，也省得徐州一句一句地提问了。

阳光洒在休息亭的木椅上，陆明霄随手拿起一份报纸，看着远处的叶含铮。

有人在他旁边坐下，穿着一身黑色的西装，是何家的管理者，何耀。

陆明霄瞥了他一眼，没有说话，目光又落回叶含铮的身上，他看起来好像很喜欢骑马，虽然动作笨笨的，但一直笑得很开心。

何耀戴着一副眼镜，标准的精英长相，他比陆明霄大了几岁，算是为数不多的跟陆明霄说得上话的人，自然也就知道叶含铮的存在。他跟着陆明霄看了一会儿，问道：“好不容易重逢了，怎么不去陪他？”

陆明霄淡淡地说：“他是来工作的，虽然不是什么正事，但也算接到了上级的命令。这种时候我不适合出现，会影响他和上级的关系。”

陆明霄这个回答没让何耀觉得惊讶，他一直非常欣赏陆明霄这一点，虽然平时看起来霸道独裁，但是更多的时候，他的决策都是正确的，他能明确地分清是非黑白，知道谁对谁错，更能分清场合，不带过多的私人情绪。

虽然脸色非常难看，但这应该是他能做出来的最大让步。

两人聊着聊着就拐到了工作上面，针对明年的合作方案进行了简单的沟通。

突然，马场中央传来一声惊叫，何耀顺着声音看了过去，发现叶含铮骑的那匹马不知怎么飞快地跑了起来，工作人员还没反应过来，陆明霄已经扔下报纸冲了过去。幸好马是迎面过来的，陆明霄直接拽住缰绳，迫使它停了下来。

叶含铮有些蒙，坐在马背上怔了怔，又急切地问："你没事吧？"

陆明霄看他没什么事，才说了句："没事。"让他不要乱动，担心好不容易停下来的马再次受到惊吓，直到何耀带着专业的工作人员过来检查，确定只是操作不当，才放心下来。

叶含铮有点儿心虚，怕陆明霄说他骑不好还瞎逞强，结果陆明霄只是皱着眉看了他几秒，就牵着缰绳往前走了。何耀跟在陆明霄身边，又继续聊起了工作的事情。

陆明霄来了，徐州果然找了个借口回去了，虽然想留下攀攀关系，但陆总看起来并不是一个爱聊天的人，就不自讨没趣了。不过幸好还有学弟，关系好说。

叶含铮没办法下马，只好静静地坐在马背上听着他们说话，盯着陆明霄挺直的背影，没来由地笑了起来。走一圈，他的腿有点儿僵，但又不想打断陆明霄谈工作，就一直没出声。

直到一个小时后，何耀接到一个电话走了，陆明霄才转过身问："玩够了吗？"

"嗯？"

陆明霄看了眼时间，说："差不多了，长时间骑马腿会僵的。"他把缰绳交给工作人员，半扶着叶含铮下来。

双脚落地，叶含铮才意识到，原来陆明霄牵着马走了这么多圈，没有其他的原因。

只是认为他喜欢骑马，又怕马再次受惊。

第十一章

“铮霄”万里，余岁平安

聚会开始前两三天，受邀的人全都到了。陆明霄最近又忙了起来，待在酒店不怎么出门，一直远程办公。

叶含铮有时候陪着他，有时候被徐州叫出去结交新的客户，虽然公司太小，自我介绍的时候有点儿露怯，但谈生意嘛，就得脸皮厚点儿，买卖不成仁义在，留张名片也是好的。

今天又出去走了半天。中午，叶含铮回到酒店，竟然在大厅门口碰到了一个熟悉的人影。

“傅叔？您怎么在这里？”他急急忙忙地跑过去，还不小心撞到了一个工作人员，那人戴着口罩，看起来像保洁人员。叶含铮连声说了对不起，没发现那人握着扫把的右手上，少了一根小指。

傅叔是早上到的，脸上多了几条皱纹，还是从前的样子。他笑吟吟地揉了揉叶含铮的头发，说道：“过来办点儿事情。”

叶含铮高兴，跟傅叔说：“原本前几天打算回去看您的，结果又耽误了。”

傅叔谅解：“工作要紧。”

“傅叔也要紧，”叶含铮嘴甜，又四处看看，“是陪程夫人他们来的吗？”

“不是，”傅叔说，“是陪陆先生过来的。”

程书蕴和陆老爷子的年纪已经不适合到处奔波了，这次跟着陆明霄回国，估计就不走了，说是落叶归根。傅叔看他独自一个人，问道：“明霄没和你在一起吗？”

“明霄在忙，”叶含铮好奇地问，“您怎么知道我和明霄见过面了？”

傅叔笑道：“我当然知道。”

“什……什么？”

傅叔看他模样震惊，拿出手机找到一条信息，递给他看，信息是陆明霄发的，就几个大字，言简意赅：“通知一下，我找到叶含铮了！”

还用了少见的感叹号，透着一丝说不出的骄傲。

傅叔说：“不只我收到了，明霄手机上所有的人，应该全收到了。”连陆先生都有，爷爷奶奶也没放过。

叶含铮忍不住笑，看着那条信息，让傅叔帮忙转发给自己，收藏了起来。

这时，陆昊东从电梯里走了出来，叶含铮微微鞠躬，喊了声：“陆先生。”

陆先生气质依旧冷淡，看了他一眼没出声，接过傅叔从工作人员那里取来的鲜花，走了出去。那束花有点儿奇怪，明明是一朵朵盛开的白菊，却在花团中间放了一枝夺人眼球的玫瑰，用黑色的纸包裹着，像是去祭奠什么人。

他把遇到傅叔的事情告诉了陆明霄，陆明霄对着电脑一边忙工作，一边问：“陆昊东也来了？”

叶含铮点了点头，帮陆明霄倒了一杯咖啡说：“好像是去祭奠故人了。”

“不是故人，”陆明霄端起咖啡喝了一口，皱着眉说，“怎么这么甜？”

“甜吗？”叶含铮尝了尝，好像真的比以前甜了很多，应该是他不小心把糖放多了，跟陆明霄道歉，打算再去重新煮一杯。

陆明霄没让他走，嫌弃道：“这种事情还会不小心？脑子白长了吗？”

叶含铮抿着嘴笑，坐在陆明霄对面：“可能真的白长了。”他嘴上沾着一圈咖啡渍，不自觉地伸出舌尖舔干净。

“叶含铮。”陆明霄面无表情地瞪着他，随手拿起一支钢笔，在酒店准备的便笺上写了三个字。

叶含铮好奇地看着陆明霄，纤长的眼尾往上挑，漂亮的眼睛勾勾的。陆明霄以前也长这样，但好像变得不一样了。叶含铮无辜地问：“怎么了？”

陆明霄抬手把那张便笺贴在他脑门儿上，说道：“我以前怎么没发现，你是个笨蛋？”

叶含铮抬着眼往额头上看，发现陆明霄还真的给他贴了一张“小笨蛋”的标签，鼓着嘴吹了吹，没把陆明霄的恶作剧撕下来，又接着之前的话题问：“你说陆先生祭奠的不是故人，那……”

“是爱人，”陆明霄说，“不过去世很久了，那时候我还没出生。”

这件事情，还是从何耀那里听说的。

陆明霄从小没有妈妈，也曾经哭着喊着问爷爷奶奶，妈妈去哪儿了。程书蕴开始还想编个童话告诉他，妈妈去了很远的地方，或是妈妈去了天堂。但陆昊东似乎从来没有把陆明霄当成孩子，等他懂事了，就直接告诉他，他是陆昊东和另一个女人的孩子，因为女方有夜盲症瞒着没说，所以遗传了。

至于其他的，程书蕴也不清楚，就知道陆昊东应该有个喜欢的人，这辈子都不能忘的那种。

这个人是何耀的亲人，叫林诺，一诺千金的“诺”。

他们是在辰溪镇认识的，那时林诺来姐姐家玩，认识了来姐姐家做客的陆先生，算是一见钟情，就怎么都不肯走了，拉着还是小朋友的何耀帮忙追人，送情书。

林诺长得好看，性格也好，整天围着陆先生转来转去，像一只叽叽喳喳怎么都不会累的小鸟，凶也凶不走，骂也骂不走。直到有一天陆先生终于松口了，给了回应，林诺却突然多了一桩莫名其妙的婚约。

不如私奔吧？林诺跟陆先生说，去哪儿都行，天涯海角。他们的关系没什么人知道，一起走了，也没人在意，权当是去旅游了。

两人跑了好几个城市，但最终还是没有逃脱命运的捉弄，被发现了。

那时对方的父亲很有势力，抓走了陆先生，也把林诺关了起来。

本以为事情就这样结束了，可到了结婚那天，林诺竟然满身是血地跑了出来，拿出一朵花给陆先生，别在他皱皱巴巴的衬衫上，嘴角也带着血，笑着说，这样咱俩就算结婚了。

“然后呢？”叶含铮有些难过地问，“然后林诺怎么样了？”

陆明霄站起来说：“然后就去世了，何耀说是出了车祸，他们逃出来的时候被人发现了，为了救陆昊东，人就走了。”

所以陆先生这么多年不愿回国，是在逃避往事吧？叶含铮心里想着，陆明霄又往他额头上贴了一个“大笨蛋”，严肃认真地说：“叶含铮，虽然我们和他们不一样，但我希望你以后遇到任何事情，都不要逞强。遇到任何麻烦，都要第一时间跟我说。”

我可以做你最好的朋友，也能成为你的依靠。

陵园里静悄悄的，陆昊东蹲在石碑前，抚摩着林诺年轻时的笑脸，冷漠的脸上也跟着柔和起来。

傅助理站在他身后默默看着，紧握的拳头突然就松开了，平和的眼神中，也多了一丝释然。

他还是没忘，还是那样爱林诺。

陆昊东突然说：“这么多年，谢谢你，辛苦了。”

傅助理淡淡地笑了：“也非常感谢您。”

陆昊东依旧看着石碑，没有出声。

许久，傅助理说：“先生，那……我就不等您了。”

陆昊东站起来转身，说了句：“好。”

他们都傻，又都不算幸运，都不想凑合，都变老了。

晚上，叶含铮做了个噩梦，从床上坐起来，惊得一身的冷汗，怕吵到陆明霄休息，偷偷站起来去了卫生间。梦里，又回到了 8 岁那年，他跟着一个姓柯的叔叔，从 Q 县来到了 A 市，本以为是去找爸爸的，却被自己的爸爸毫不留情地卖给了龙哥。

又经过龙哥转手，送给了陆家。

他那时候不知道陆家人是好是坏，每天战战兢兢的，梦到此就结束了。

如果不是陆家每个人都很善良，他不知道自己如今会变成什么样子，会不会还活着，是不是能过得这样好？

到了正式聚会的那天，陆明霄并没有出现，他讨厌吵闹的场合，说要留在房间里办公。

大厅里确实嘈杂，叶含铮和徐州正在说话，迎面却走过来一个人。叶含铮看了他一眼，没想到是陆明霄身边的那位助理——吴林。

吴林主动跟叶含铮打招呼，没什么表情地说：“好久不见，叶先生。”

叶含铮说：“您好。”他和吴林最后一次见面是上次吃饭，之后去陆氏集团送文件，就没再遇到这个人了，听说是调走了。

“可以单独谈谈吗？”吴林主动邀请。叶含铮想了想，说：“可以。”他也很好奇吴林为什么三番五次地找过来，虽然多半是为了陆明霄，但如果真的是，那就说清楚。

离开了酒店大厅，吴林带着叶含铮去了何家建在最角落的酒吧。

他倒不担心这位助理对他做什么，毕竟这么大的地方，安全方面还是有保证的。酒吧里的环形天井一直通到顶层，吴林带他上了电梯，去了视野最佳的贵宾席，那里可以往下看，正中间烟雾缭绕，有一群人在喝酒。

叶含铮不知道他的用意，顺着他的目光，看到了一个人。

那人有些面熟，叼着烟，右手断了根手指。

“还认识他吗？”吴林说，“我好不容易才把他找过来，你不会忘了吧？”

叶含铮脸色发白，不禁握紧了拳头。那人是魏国峰，他的亲生父亲。

吴林看着他的表情，得意地笑起来：“叶先生真是了不起，有一个坑蒙拐骗坐过牢的赌鬼父亲。据说，还有一个私生活混乱、做个三流小演员的‘优秀’母亲？这样的身世，到底是如何不让您感到自卑？敢缠着陆明霄？还敢待在他的身边？”

叶含铮没说话，始终注视着满目贪婪的魏国锋，他似乎一点儿没变，一杯接一杯地喝着。

“我还听说，你近期总和陆总在一起？”

吴林眼中带着恨意，控制不住地揪起了叶含铮的衣领，将他抵到墙上，恶狠狠地说：“你也配？！”

吴林扭着他的头，强迫他看向他丑陋的父亲：“这个人，如果我告诉他，你从小在陆家长大，陆家人都对你很好，甚至陆总还把你当作弟弟，你猜他会怎么样？”

叶含铮有些失神，脑子里都是过往的画面，魏国锋根本不是人，他能逼死叶芝兰，能毫不留情地卖掉自己，如果某一天他真的知道了陆明霄的存在，一定会去找陆明霄麻烦，一定会去伤害陆明霄。

吴林发现他有些动摇，接着说：“叶先生，做人，得有自知之明，我大概了解了一下你是怎么去的陆家，既然是小跟班，就该有小跟班的自觉，既然不配，就该离开！”

叶含铮沉默半晌，摇了摇头。他虽然害怕魏国锋从中作梗，但想要他离开明霄，根本不可能，吴林的意思他大概懂了。

但是抱歉，或许其他事情可以商量，唯有这件，不可能。

叶含铮那双坚定的眼神说明了一切，吴林瞬间就被激怒了。他从兜里抽出一把水果刀，抵住叶含铮的脖子。

他多年来的付出付之东流，甚至还被调离A市，陆明霄太绝情了，根本不给他一点儿机会，断了他所有的后路。

他近乎疯狂地吼着：“你也配！你一个赌徒的儿子，也配站在他的身边？我陪了他这么多年！他凭什么一回来就跑到你的身边！他不是没有感情吗？他不是拒绝任何人吗？都是因为你，都是因为你抢了我的位置！”吴林语无伦次，手不停地颤抖。叶含铮趁他不注意，抬腿将他踹开，却又被吴林反扑过来，刀尖直奔喉管。眼看就要刺中的时候，电梯门开了。

陆明霄阔步过来，一把揪住吴林的后颈，将人摔了出去。

吴林被摔蒙了，没想到陆明霄会突然出现，赶忙扔了刀，红着眼睛爬起来说：“陆总……我……我不是故意的……我不是故意要伤害叶先生的……”

陆明霄阴狠地看他：“我是不是警告过你，让你离他远一点儿？你全当我在胡言乱语吗？”

吴林从没见过他这么生气，哪怕平时也发脾气，但绝不像现在，气场骇人。他吓得后退几步，但看到陆明霄搂着叶含铮的肩膀，火又烧了起来，不解地问：“为什么？为什么不是我？我的家世比他好，学历比他高，在你最困难的时候，都是我陪在你身边的！他算什么？一个小跟班罢了！”

陆明霄危险地眯起眼睛，看了眼地上的刀。他离开这么多年，忍着无数思念努力爬到现在这个位置，不敢有一丝松懈，就是为了等到这一天，等到有人再对叶含铮动手，再一次试图威胁他时，有能力保护叶含铮。

他抬手捂住叶含铮的两只耳朵，居高临下地对吴林说：“你给我听好。我对叶含铮好，根本不是因为从小一起长大，也不是因为认识的时间多久，我不管他家世如何，当没当过小跟班，是不是名牌大学毕业，是不是工作能力超群。我对他就是一种无可替代的简单的珍重，和别的事情没有一点儿关系。无论你有多想改写相遇的时间，替代他的位置，都不可能。”

吴林根本无法接受，他拿着刀再次挥了过来，却被同时赶来的安保人员按在地上，强行拖走了。

周围一下子安静了起来。

陆明霄还捂着叶含铮的耳朵，直到叶含铮轻轻拽了拽他的领带，才缓缓松开。

陆明霄今天换了一身新衣服，头发整整齐齐，还换了个造型，嘴上说着不去参加聚会，背地里却偷偷准备着，打算当着现场那么多人的面，郑重地公布点儿事情，结果却被吴林这个蠢货搅黄了。

叶含铮好奇地问：“你……是怎么找到我的？”

陆明霄看他没什么异样，才拽着他上了电梯：“下楼的时候没看到你，问了徐州，说你跟吴林走了。”

叶含铮“哦”了一声，又问：“你不是说了讨厌这种场合吗？”

陆明霄一怔，冷着脸说：“就是很讨厌。”

镇上有一家设施齐全的私人医院，叶含铮被强行送进来检查，虽然没什么事，脖子也只是破了点儿皮，但还是硬生生地被缠了好几圈纱布，僵直得不能动。陆明霄等他睡觉了，去了何耀的办公室。

吴林被扣在这里，陆昊东和傅助理也被叫过来了。

陆先生靠在沙发上，淡淡地说：“你自己能解决的事情，有必要把我叫过来吗？”

陆明霄站在窗前说：“没有。”

他们父子之间一直如此，傅助理忍不住笑了笑，听着吴林苦苦哀求，说自己一时糊涂。但陆明霄并不想给他任何机会，电话直接拨到了某位老董事那里，把整件事都说了。

这位董事在陆家的地位不低，伤了和气不好。但陆明霄态度明确，无论如何都要把吴林送进监狱，他挥刀伤人，已经构成犯罪，打电话不过是知会一声，不行也得行。

说完就把电话挂了，冲陆昊东挑了挑眉。

陆先生沉默地跟他对视了几秒。片刻后，身后的手机响了，傅助理帮忙接通，递给他。

“喂？”陆先生揉了揉眉心，听了一会儿，才沉声说，“老吴，你也知道，现在的陆家不是我说了算。”

来电的人是吴林的爷爷，似乎想找陆昊东帮忙，陆先生不情愿说这些话，但人已经被请过来了，还是面无表情地承认：“抱歉，这次帮不了你，我早就被他架空了，如今不过是挂着头衔。”

吴董事似乎还在继续求情，陆先生看着陆明霄得意的表情，像是彻底认输了似的：“我是喂了头狼，把自己吃了。现在做不了他的主，也帮不了你的忙。抱歉，老吴，以后再联系吧。”说完挂了电话，冷漠地看着陆明霄：“满意了？”

陆明霄冷笑，让站在门外的警察进来，带走了忏悔痛哭的吴林。

陆昊东想走，又被陆明霄留下了，陆明霄直接说：“我可以保护叶含铮了。”

陆昊东皱眉：“这些话有必要重复去说吗？”

陆明霄气人：“至少我还可以重复说。”

“你……”陆先生这些年面上虽然冷淡，但是实际上已经很少动气了，此时握紧拳头，被气得嘴唇发紫。

傅助理在旁边忙着安抚，又觉得陆先生此时的表情十分好笑，掩着鼻梁咳嗽一声。陆明霄看了他一眼，对陆昊东说："多看看眼前人吧，趁着还没七老八十。"

陆昊东说："你没资格说我。"

"我确实没有。"陆明霄挥挥手先走一步。

活着就该有活着的样子。陆明霄还是怪陆先生，虽然他所做的一切都是为了自己，但是10年的时间，并不好过。

叶含铮醒过来的时候，陆明霄又回来了，西装挂在椅子上，静静地看着他。

"明霄……"

"伤口疼吗？"

叶含铮坐起来说："不疼了，都没流血，没事的。"

"等流血就晚了。"陆明霄阴恻恻地走了几圈，他没想到吴林这么疯狂，早知道是这样，根本不是将他调离A市这么简单。

他让叶含铮喝了点儿水，发现他的情绪有点儿低落，问道："怎么了？"

叶含铮沉默了一会儿，说："我见到那个人了。"

陆明霄问："谁？"

"我爸爸，就是当年把我卖掉的那个人，"他像小时候一样无措地绞着手指，"之前一次偶然的机会，我遇到了曾经去Q县接我的柯文叔叔，他跟我说魏国锋因为赌博和拐骗的行为，已经进了监狱。我当时第一个想法，就是太好了，这种人真的不应该活在世上。"

他看着陆明霄，难过地笑了笑："我是不是挺坏的？"

陆明霄说："不坏。"

叶含铮从来没有在明霄面前提及自己的父母，虽然陆明霄应该早就知道了。但这两个人，确实让他无法启齿。或许叶芝兰还好一些，无论她做了什么，都是自己选择的路，走的路是好是坏，都不需要别人去说。

但是魏国锋是真的恶人，他不止骗了叶芝兰一个人，甚至应该不止叶含铮一个儿子。叶含铮对着陆明霄说："明霄，我有点儿害怕。"

"怕什么？"

"魏国锋出狱了，我怕他发现你的存在，我怕他伤害了你……"

陆明霄嫌弃地："我这么见不得人吗？况且你觉得现在除了你，还有谁能伤害到我？"说完，又觉得这句话有点儿不对，把头扭到一边。

叶含铮忍不住偷笑："我才不会伤害你。"

陆明霄立刻转移话题："那你想让他消失？"

叶含铮摇头说："可以再把他关回监狱吗？"

"嗯？"

"能关一辈子吗？他当年骗了我妈妈，也把我卖了，虽然我们之间有血缘关系，但我已经不是他的儿子了，我很担心他如果留在外面，会再去骗别人。我看到了他喝酒的样子，我不相信他变好了。"

陆明霄说："你确定？"

"嗯，"叶含铮笑着说，"但也很感谢他把我卖掉，让我有机会去了陆家，遇到了你。"

陆明霄瞥了他一眼，有些别扭地问："你刚刚……没听吧？"

叶含铮问："听到什么？"

"就是……"陆明霄咳嗽一声，"就是我对吴林说的话。"

"啊，那个……"叶含铮眼睛都笑没了，开心地说，"我没听到你说珍重我这种话！”

“真的一点儿都没听到！”

离开辰溪镇也刚好迈进了十二月，徐州把占用叶含铮的年假还给了他，让他休息完了，再回去工作。何耀也跟着一起来了A市，说是有些工作要办，顺便去看看程书蕴和陆老爷子。

唯独陆明霄没那么轻松，没人给他放假，还得继续上班。所幸一切都稳定了下来，哪怕平时再忙，周末也可以休息休息。

这天周六，两人都没什么事，叶含铮一早起来就把电视打开了。

陆明霄倒在床上盯着衣柜上的行李箱，想了想，准备亲口问问叶含铮，密码到底是什么，结果出了卧室，发现叶含铮正坐在沙发上傻笑，走过去问：“你在干什么？”

叶含铮说：“看电视，是乔可演的新剧，他这次演了主角。”

“乔可？”陆明霄皱眉，坐在沙发上。

叶含铮帮他倒了杯水说：“还记得乔可吗？”

陆明霄想都没想，直接说：“忘了。”

叶含铮说：“他是我的中学同学，跟我关系一直很好。”

陆明霄：“哦。”

叶含铮觉得他还是没想起来，帮他回忆：“我们一起演过舞台剧，他演的继母，有印象吗？”

陆明霄简短地说：“知道了。”

虽然这些年叶含铮跟乔可见面的机会不多，但他们之间的关系依旧很好，乔可发展得不错，从小龙套演到了男一号，虽然是小成本电视剧的男一号，但也非常努力。

叶含铮兴高采烈地跟陆明霄分享从乔可那里知道的趣事："乔可说演戏可有意思了，吊钢丝的时候飞来飞去，就是腰腿可能会受伤，我之前还给他买了护膝寄过去，不过他说用不了，有点儿太厚了。"

陆明霄瞥了眼自己的膝盖，挺健康。

"乔可还说，有一次他们去了云松山取景，刚好赶上大暴雨，拍戏的时候特别惊险。你还记得云松山吗？那时候我们一起参加研学旅行，我和你睡在一个帐篷里面。"

陆明霄说："记得。"

叶含铮咧着嘴笑："乔可还说他们拍骑马的戏都不是骑真的马，而是坐在椅子上，或者坐在轨道车上面拉着缰绳，摆出骑马的动作，我觉得好厉害啊。"

陆明霄冷哼："有什么厉害的。"

"对了对了，乔可还说，他一直想要拍吻戏……"

"乔可是复读机吗？"陆明霄不高兴地问。

叶含铮眨了眨眼："不是吧？"虽然现在确实变得比以前嘴更贫了。

陆明霄皱眉："而且他想要拍吻戏有什么可说的？"说完生气地走了。

……

到了晚上，陆明霄还在生气，靠在床上看书，行李箱密码都不想问了。叶含铮知道原因，围着他哄了半天，终于快哄好了，乔可的电话打来了。陆明霄看了一眼手机，把书给扔了。

"叶含铮！有没有想我！"乔可扯着嗓门儿大声喊，他身边闹哄哄的，刚下飞机。

如果是平常，叶含铮都说想了，但此时陆明霄耷拉着脸，就只能退而求其次地“嗯”了一声。

嗯？就是想了？陆明霄黑着脸，牙根有点儿痒。

乔可没发现任何不对，还在继续说：“我回A市啦，刚刚落地！给你带了好多礼物！明天一起去你家附近吃晚饭吧？嘿嘿，我有好多八卦憋着跟你说！”

叶含铮看了眼陆明霄，捂着话筒小声问：“可以吗？”

“我有那么小气吗？”陆明霄一脸无所谓，“跟朋友吃饭而已，不用问我。”

第二天，叶含铮准备了晚饭才出门，出门前还特意邀请陆明霄一起。毕业那年乔可就知道他和陆明霄的关系非常好，倒也不怕两人一起出现有什么问题，而且饭店距离陆氏集团不远，是一家味道不错的中餐厅，陆明霄应该喜欢吃。

陆明霄冷淡拒绝，他向来不会过分地干预叶含铮的人际关系，无论朋友也好，同事也好，能跟叶含铮相处得不错的，他都不会特别在意。

只是没想到这么多年过去了，竟然还能不停地、不停地、不停地从叶含铮嘴里听到乔可的名字。陆明霄心里不愿意，但都已经拒绝了，这会儿再把人叫回来跟着去，岂不是很没有面子？忍了忍，喝了口粥，回到房间换了身衣服。

乔可变化很大，估计为了上镜好看，鼻子有一些变化，不过幸好，还能看出来小时候的轮廓。他现在不红，站在饭店门口等叶含铮的时候也没遮遮掩掩，见人来了兴奋地冲上去给了个大大的拥抱，说道：“哈哈叶含铮！好久不见！”

叶含铮也高兴，他们距离上次见面隔了将近半年。

简单点了几个菜，乔可提着一大包礼物推到叶含铮面前，里面都是一些地方特产，还有别的明星的签名照。叶含铮没有喜欢的明星，但乔可送他的，他就全都留着。

“新剧看了吗？有没有发现我精湛的演技又进步了？”

叶含铮说：“嗯，这次特别好，我觉得你可以演电影了。”

“哈哈，”乔可说，“演电影还早，希望我 35 岁之前可以演一部电影！对了对了，徐笙跟你说了吗？她明年回来，准备结婚了，找了个外国人当老公！”

叶含铮笑着说：“说过了，让我准备好红包。”

乔可说：“你钱攒够了吗？”

提到这件事，叶含铮有点儿愁：“还差一小半……”看来工作还是不能偷懒，不然永远都达不到目标。

乔可说：“你就是个傻瓜，况且你不是说人已经回来了吗？那钱攒不攒就没关系了吧？”

叶含铮摇摇头，没再继续这个话题。门外陆陆续续有客人进出，其中一个人急匆匆地跑进来，像是找着什么，叶含铮看见他，奇怪地站了起来，乔可说：“你认识？”

叶含铮说：“见过两次。”

这位正是来 A 市出差的何总，半个小时前，接到陆明霄的电话，说要请他吃饭。陆明霄开口请客简直闻所未闻，他当有什么急事，赶紧跑了过来。结果连个人影都没看到，倒是看见叶含铮了，刚要过去打招呼，被刚刚进门的陆明霄拦下了。

何耀说：“这么着急有什么事？”

陆明霄瞥了一眼叶含铮，面无表情地说：“不是你找我吗？”

何总一怔：“我找你？我什么时候找你了？”话音落下，叶含铮就走了过来，问道：“明霄？何总？你们怎么过来了？”

“哦，”陆明霄一本正经地说，“何总要请我吃饭，订了这个地方。”

既然偶遇了，还不如凑一桌，但陆明霄偏不，非要坐在他们隔壁那一桌，证明自己确实有正事。两桌之间的距离不远，竖着耳朵屏息凝神就能听到别人聊什么，但如果隔壁桌小声一点儿就听不到了。

何耀没想到匆匆赶来还白搭了一顿饭，但陆明霄除了公事一丝不苟，私底下从来不讲任何道理，说是他请，就得他请。

“你大晚上的看不清还跑出来，就是为了吃饭？”

陆明霄不满：“我不是。”

何总说：“不是也差不多了。”

陆明霄哼一声，竖起耳朵听了一会儿隔壁桌说什么，都是些毫无营养的八卦，看来没选择同行是正确的。

周一上班，陆明霄开起了小差。

他把藏在衣帽间里掉了色的小恐龙拿出来放在办公桌上，旁边还坐着早就泛黄的叶胖啾。两个上了岁数的小东西并排坐着，叶胖啾老得都快散架了，还得强行出镜，心里真的很累。

陆明霄让岳小姐在门外守着，没有他的命令，任何人都不许进来。其实往常也是这样，岳小姐不明白，为什么今天要特意重复了一遍。

到了中午，叶含铮提着做好的午饭来到陆氏集团大楼，想给陆明霄一个惊喜。之前送汤，陆明霄就给了特批，要送就亲自送到办公室，不要寄放在前台。叶含铮听话，这次直接上楼，走到门口的时候，跟格子间里的岳小姐打了声招呼。

岳小姐站起来说："叶先生，您好。"她也收到了陆明霄群发的短信，确认了他们之间的关系。

"您好，"叶含铮说，"请问陆总在忙吗？"

岳小姐说："今天不算忙。"

叶含铮说："那我可以进去，把午饭送给他吗？"

岳小姐想了想，陆总口中的所有人，应该不包括叶含铮，点点头说："门没锁，您直接进去就好了。"

叶含铮跟她道了声谢，提着保温盒轻轻推开了办公室的门，只推开一点儿，就停手了。

他看见陆明霄站在办公桌前走来走去，似乎在跟谁说话。

"叶含铮。"

跟我？叶含铮眨了眨眼，难道明霄发现他来了？刚要进门，就听陆明霄继续说："我知道你听到我说的话了，既然如此，那咱们就是一家人了。"

叶含铮的心猛地跳了起来，还没应声，又听陆明霄说："不行，不能这么说。"

陆明霄没发现门外有人，捏着下巴想了想，又对着小恶龙和叶胖啾认真地说："叶含铮，反正从你迈进我家那一刻开始，就注定是我一辈子的朋友，我很珍重你，想要跟你做一辈子的朋友，也想把分开的那 10 年时间……全都补回来……我想要你以后都在我身边……做我的家人……"

桌上两个小东西瞪着圆溜溜的眼睛一眨不眨地看着他，陆明霄被盯得耳朵泛红，黑着脸把它们两个的头扭到了一边，愁得直揉眉心。

过了一会儿，叶含铮又回到了岳小姐的格子间，岳小姐问：“您怎么没进去？”

“先不去了，”叶含铮甜甜地笑，又眨了眨眼说，“请您帮我保密，不要告诉陆总，我今天来过。”

他离开陆氏集团大楼，驱车去了市中心，买了一件东西。看时间还早，给傅叔打了个电话，去了陆家。

陆家还是老样子，无论是布局还是家具，都没有任何变化。傅叔出门迎他，问道：“怎么这个时间过来了？”

叶含铮说：“陆先生在吗？我想见见他。”

傅叔说在，带着他去了三楼书房。

陆先生在忙，等了一会儿才让他进去。这似乎是两人第一次正面交流，陆昊东让他坐下，问道：“你来找我，有什么事情？”

叶含铮在他面前非常紧张，想了想，从兜里拿出了一张银行卡。

陆先生没出声，等着他自己说。

“这里……有将近七百万……我知道，当年明霄离开，是为了帮我，那位和我母亲长得很像的模特，应该是您授意安排的。

“我想把这笔钱还给您，虽然还差一点儿，但我以后的工资和奖金，都会打进来。”

陆昊东淡淡地说：“你不需要这样做。”

叶含铮摇摇头：“我知道您不缺这些钱，但我一直想着，可以用这笔钱，把明霄离开的那些年买回来，虽然这种想法有些可笑，但我确实是这样想的。”

陆昊东端详了他一会儿，过了许久，才把卡接了过来，算是默认了他的请求。

谈完这件事，叶含铮又去看了程书蕴和陆老爷子，两位老人身体还都健康，拉着他说了半天。人老了就总爱回忆以前的事情，程书蕴说："那时候明霄多任性啊，幸好有含铮陪着一起长大，性格才收敛了好多。"

陆老爷子还在看报纸，看不太清了，字都模模糊糊的，他撇着嘴说："收敛什么啊，我可没见收敛到哪儿去。"

程书蕴说："怎么没有啊，他那时候变得可懂事了，你记不记得，含铮刚来咱们家的时候就发烧了，还是明霄照顾他的。"

陆老爷子一想，似乎真有这么回事。

此时，陆明霄推门进来，他下班之前收到叶含铮的短信，说是人在陆家，程书蕴留他吃饭，回不去了。陆明霄就让司机改了路线，到家的时候已经七点多了，碰巧听到了两人对话，挑了挑眉。

晚饭就和几位长辈坐在一起，叶含铮有些拘谨，他第一次跟陆家人同桌吃饭，手心都在冒汗。虽然早就离开陆家了，但总觉得，他还是应该站在傅叔的位置。傅叔像知道他想什么，笑眯眯地去了厨房，没再露面。叶含铮心里感激，帮陆明霄夹了喜欢吃的菜。

叶含铮的生日也快到了，陆明霄不是个会当面准备惊喜的人，提前选了几件礼物，送到家里，又特意休息了半天，跟叶含铮一起准备蛋糕。

他这么多年终于分清盐和糖了，毕竟很多时候不想要其他人照顾，都是自己动手的。

只是做蛋糕这种事情难度太大，陆明霄跟着帮了会儿倒忙，像个小孩子似的，弄了一身面粉。

叶含铮哭笑不得，把他请出了厨房。

陆明霄走了一圈，客厅里竟然还放着乔可的电视剧，据说是为了增加收视率，不看也得开着。

陆明霄冷笑，找到遥控器直接把电视关了，叶含铮听到外面安静下来，从厨房里露出半个脑袋看了看。

陆明霄手上拿遥控器，理直气壮地说："停电了。"

料理机的灯还亮着，叶含铮偷偷笑着，没有揭穿，继续忙自己的。

陆明霄无所事事，去了趟卧室，过了一会儿走出来问："你行李箱的密码是什么？"

叶含铮愣了一下，没隐瞒，直接告诉他四个数字。

陆明霄问："有什么特殊的含义？"

他平时不怎么上网，生活中除了叶含铮，大多是工作，数字谐音什么的更不可能知道，叶含铮说是好记，但陆明霄不信，回到卧室随手一搜，果然另有寓意。

知道了密码，一切都好办了，他把箱子拿下来放在地上，又蹲下将几个数字对齐，"嗒"的一声，箱子开了。

可里面没有信，而是躺着一个精致的小盒子。

刚要打开，叶含铮进来了，他脱了围裙，洗干净了手，蹲在陆明霄旁边，把盒子拿了过来。

陆明霄似乎知道里面是什么，问道："你调包了？"

叶含铮笑着点头，把盒子打开。

陆明霄看着里面的东西，问道："那我的信呢？"

叶含铮笑着说："信……我亲自念给你听好不好？"

陆明霄说好，听他说："陆明霄，反正从我迈进你家那一刻开始，就注定是你一辈子的朋友，我很珍重你，想要跟你做一辈子的朋友，也想把分开的那 10 年时间……全都补回来……我想要你以后都在我身边……做我的家人……"

陆明霄眨了眨眼，耳朵瞬间红了："你怎么听到了？"

叶含铮"咯咯"地笑，开心地说："偷偷听到的，还看到了叶胖啾和小恶龙。"

陆明霄脸上挂不住了，捂住了他不停讲话的嘴。

他们共同经历了许多年，从懵懂无知携手到青葱岁月，从分隔两地又迎来了久别重逢。虽然这些年有苦有笑，有想念也有分离，但终归，这份深厚的友谊，还是让他们走到了一起，成了彼此心中最无法割舍、最珍重的那个人。

两只褪色的小恶龙终于见面了，一只补色补得乱七八糟，一只脱色脱得看不出原本的样子，快散架的叶胖啾坐在旁边，它实在走不动，用胶带缠了缠，看起来还能再活几十年。

从此以后，地久天长。

"铮霄"声万里，余岁尽平安。

图书在版编目（CIP）数据

铮铮 / 一个米饼著 . — 广州 : 广东旅游出版社 , 2022.8
ISBN 978-7-5570-2697-4

Ⅰ . ①铮… Ⅱ . ①一… Ⅲ . ①长篇小说 – 中国 – 当代 Ⅳ . ① I247.5

中国版本图书馆 CIP 数据核字 (2022) 第 041868 号

铮铮

ZHENG ZHENG

出 版 人：刘志松
责任编辑：陈 吉
责任校对：李瑞苑
责任技编：冼志良

广东旅游出版社出版发行
地址：广州市荔湾区沙面北街 71 号首、二层
邮编：510130
电话：020–87347732
印刷：河北鹏润印刷有限公司
（地址：河北省沧州市肃宁县工业聚集区）
开本：880 毫米 ×1230 毫米 1/32
字数：173 千
印张：7.75
版次：2022 年 8 月第 1 版
印次：2022 年 8 月第 1 次印刷
定价：46.00 元

如发现图书质量问题，可联系调换。质量投诉电话：010–82069336